U0027337

The 104-Storey Treehouse

瘋狂樹屋104層

安迪的牙齒非常痛

安迪．格里菲斯 Andy Griffiths 著

泰瑞．丹頓 Terry Denton 繪

韓書妍 譯

目次

激發大小書蟲腦洞潛能的摩天樹屋

◎ 陳宛君＆闆寶Oliver（晨熹社）

在繪本書店生活的七歲Oliver，每天在書堆裡打滾著，故事讀得飽飽，總想著要寫故事、做自己的書，書店裡好幾個角落都有他的塗鴉手稿，是一個對創作和閱讀著迷的書蟲。當我最初讀到「瘋狂樹屋」系列時，就覺得這是他會愛的書，故事裡的主人翁安迪和泰瑞恣意進行著不設限的創作，我們迫不及待要跟他一起走進這瘋狂精采的樹屋裡，在故事裡盡情享受想像力衝撞爆發的美麗煙花。

Oliver對泰瑞和安迪的樹屋冒險非常非常的喜歡，一開扉頁就停不下來，屏息沉浸在書頁裡好久好久，偶而噴發出笑聲，偶而驚呼讚嘆，馬上成了忠實書迷，對於剛開始從注音到識字階段的閱讀程度，他為了讀懂泰瑞和安迪到底在搞什麼鬼，激發了強大的識字欲望，一本樹屋讀一個小時，一本接一本，媽媽彷彿看到小時候那個著迷於看漫畫和武俠小說的自己，所以啊，要讓孩子多閱讀、愛閱讀，不需要什麼學習單啊、闖關卡啊，他們需要的僅僅是這一本本太有趣的故事啊！

要和孩子一起讀樹屋，大人必須先拿掉嚴肅的眼鏡，放下自以為成熟懂事的價值觀和是非邏輯，不要想著要藉由閱讀來精進孩子什麼、教育孩子什麼。喚來自己心底那個好奇心旺盛的孩子，用孩子無設限、無包袱的眼界和腳步，跟著泰瑞和安迪隨意迸發的靈機動念，你永遠不知道樹屋接下來會出現什麼樣驚喜的風景，這就是它令人著迷之處。

老實說，每讀完一本樹屋，都覺得這已經是極致了吧？怎麼可能還能再高？! 但接下來的每一本，又總能讓人出乎意料的拍案叫絕，就這樣我們一路追隨瘋狂樹屋來到了104層，心裡還想著：安迪和泰瑞到底還可以變出什麼哏啊？

讀到那聲熟悉的「嗨！我是安迪！」，正要興奮的跟緊他，去看看這樓層破百的摩天樹屋新增了什麼厲害的樓層，卻看到他捧著腫腫的臉頰呻吟不已，糟糕！樹屋寫手安迪這次遇到大難關了，牙疼不是病，疼起來要人命——這世界上最痛的牙疼還選在截稿日當天發作，完全沒有同情心的大鼻子總編是不會通融他們拖搞的，這對作家來說，真是就算在噩夢裡也不想遭遇到的危機啊！

安迪這顆痛牙是全書樞紐，整個故事由牙痛開始，也因為這顆痛牙解除危機，在這裡不得不欽佩作者安迪．格里菲斯，將牙疼、拔牙、等待牙仙這些孩子生活裡正在遭遇的變化（痛苦），置入樹屋的瘋狂冒險裡，讓大小讀者閱讀時更能深感其痛，尤其是那關門拔牙的體驗，原來是不分海內外的拔牙偏方呀，至於牙仙到底收了孩子的牙要做什麼？這個亙古迷思也讓泰瑞親眼目睹來解答了！私心好喜歡這個如夢境般的超展開！

在那緊迫逼人的截稿時間前，牙疼的安迪和總是不聽安迪勸的泰瑞要想辦法買到那枝能讓作者靈感泉湧的「笑話寫手鉛筆2000™」來幫忙寫書，怎知在他們買下筆前，從那台蜂蜜與錢兩用製造機被蜂蜜淹沒開始、冰箱投擲大戰、百熊麵包大戰、為了拔牙的森林拔河、高空飛行山棲捕蟲鳥、走不完的樓梯、泰瑞大耳航空到漫天喊價的梵希・費許老闆，這些停也停不下的多災多難，讓我們翻頁的手停也停不下來，隨著他們闖了一關再遇一關，太過癮了！104層樹屋又再次突破了前作，果然只有樹屋可以超越樹屋，瘋狂樹屋腦洞永遠都有無限大的空間可以開發啊！

超級可愛又充滿驚奇，回到孩童時代的單純而幸福

◎ 劉怡伶 教育部閱讀推手、臺中市SUPER教師、宜欣國小閱讀推動教師

在「瘋狂樹屋」系列中，每次安迪和泰瑞經由大鼻子先生催促稿件的過程中，發生出許多驚險與荒謬的危機，最後都能圓滿順利的解決，因為總是在事情變複雜時，安迪與泰瑞都會大聲呼叫神一般的隊友——冰雪聰明的好朋友吉兒，藉由事件的處理過程中，讓讀者們認識所謂「冷靜」、「機智」與「沉穩」的態度，可以將棘手的問題順利解決。

翻開書本的每一頁畫面都是一個世界，呈現多元的觀點與笑點，節奏緊湊而笑料不斷，加上安迪與泰瑞這對可愛的好朋友，互動之間一連串無厘頭的對話與表現，透過充滿童趣的文字對話搭配精準描繪的畫面，就像幫故事裝上合適的翅膀在天空翱翔，讓所有的創意化成繽紛亮麗的彩蝶。

「瘋狂樹屋」系列不只瘋狂而已，這裡充滿許多神奇魔幻的想像世界，當我看到此書時開始興奮的大聲尖叫，作者真是非常了解孩子的世界觀，如實的將孩子的世界呈現給大人們看，勾起大家的記憶回到最單純的童年時期，常常都是藉由一件事件的發生之後，腦袋裡就有滿滿的創意與幻想，如同把樓層推疊一樣，每一層都有可愛的居住者與特殊的使用功能，從第13層開始建造，到26層、39層、52層、65層、78層、91層——這次再往上加蓋的十三層樓，變成104層，真是太令人開心了！這是我見過最令人驚豔與驚奇的主意了！

這次安迪帶著最讓人害怕的疼痛「牙痛」與泰瑞介紹新的十三層樓設計，處處充滿新奇的創意，有給鯊魚使用的健身池，有隨你高興就可以將冰箱往下拋的樓層，最奇特的笨帽子樓層出現許多具有功能的奇怪帽子，還有讓你貨比兩家不吃虧的兩元商店及兩百萬商店，更有昆蟲與動物的麵包大戰樓層，令人開心的「蜂蜜與錢兩用製造機」，還有得耐著性子走的「走不完的樓梯」，因為這樓梯可以直接到達聖母峰，最後還闖入牙仙國度裡見證牙齒可以變成煙火，這一切的安排都會帶給新舊讀者許多歡樂與神奇感受。

在108新課綱即將實施的同時，這套「瘋狂樹屋」系列正是跨領域與延伸閱讀的好作品，呼應新課綱的真實精神，給孩子帶著走的能力與閱讀素養，創意的鬆綁、團隊的合作及自主學習的意義，透過這一系列的作品呈現，總是能讓人以輕鬆幽默的態度，面對生活裡一切的學習，讓學習成為一件有樂趣的事情，更將這件事情變得有意義。

現在，就讓我們趕快推開樹屋的門！一起走進新的樓層，迎接緊張刺激的冒險唷！

第1章

瘋狂樹屋104層

嗨，我是安迪（呻吟）。

這是我朋友泰瑞（哀號）。

Q 石頭滾進樹叢的時候會說什麼？

我們住在樹上（唉唉叫）。

A 什麼都不會說，因為石頭不說話。

哞！

當我說住在「樹上」，其實是指樹屋。而我說的樹屋，可不是隨便的老樹屋，這可是一百零四層瘋狂樹屋！（之前是九十一層瘋狂樹屋，不過我們又加蓋了十三層。）

吱！
咩！
咩！
這不是正式的
樓層！
（山羊只是
來搗蛋的！）
咩咩！

你還在等什麼？快上來吧！

A 鳥，因為牠們是用飛的。

Q 樹葉和人有什麼共通點？

鯊魚健身池
（不是新樓層，
是鯊魚逼我們
放的。）
（你敢
對鯊魚
說不嗎？）
蜂窩
野生牙齒
放我出去！
你
或是你
泰瑞
雞
安迪，
你看
這隻
大腳！
在鯊魚池
玩耍的海豚
被一個
大白痴遙控！
安迪

A 都可能從樹上落下來。

瘋帽層

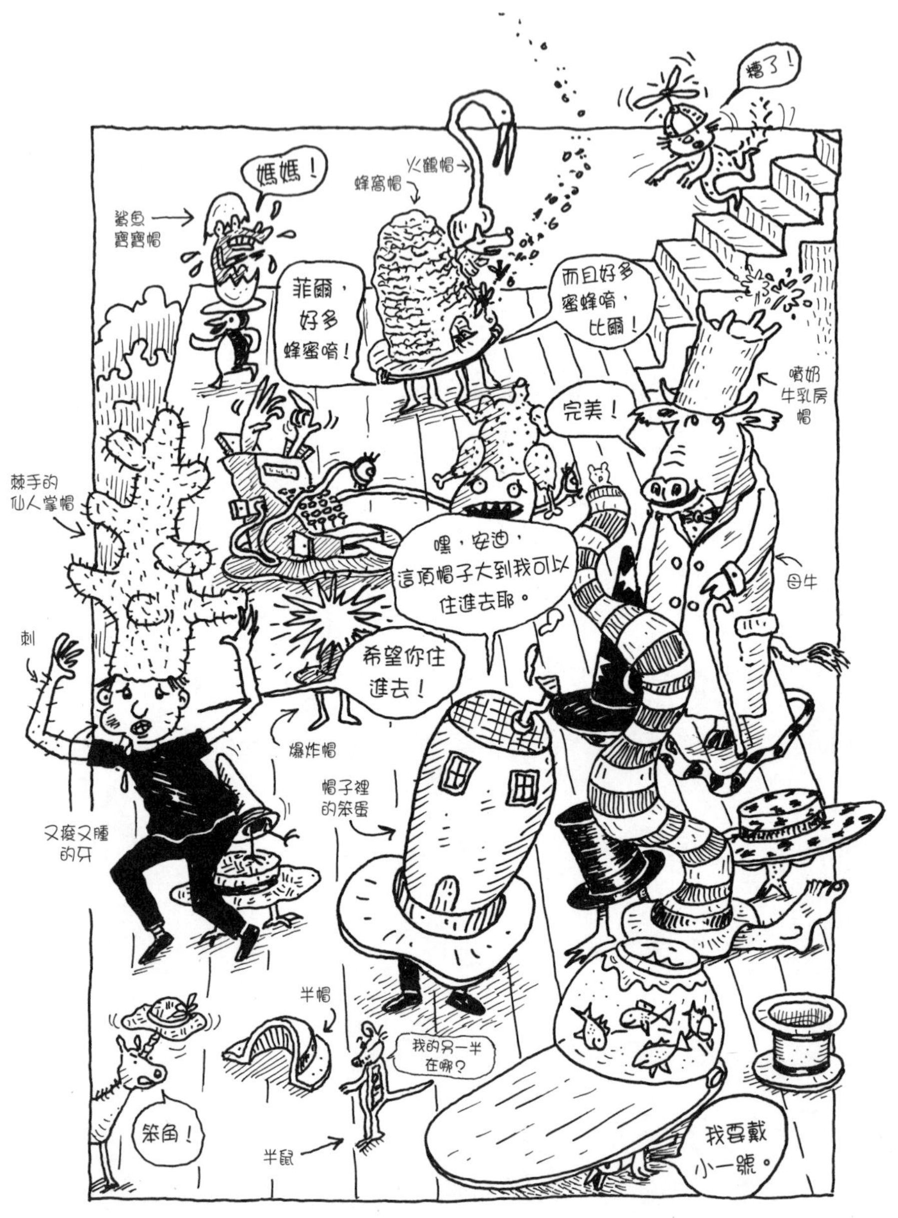

Q 吸血鬼德古拉把錢藏在哪裡？

一台蜂蜜與錢兩用製造機

錢
蜂蜜
我是魚還是機器？
放我出去！
不要吃錢！

A 血庫。

走不完的樓梯

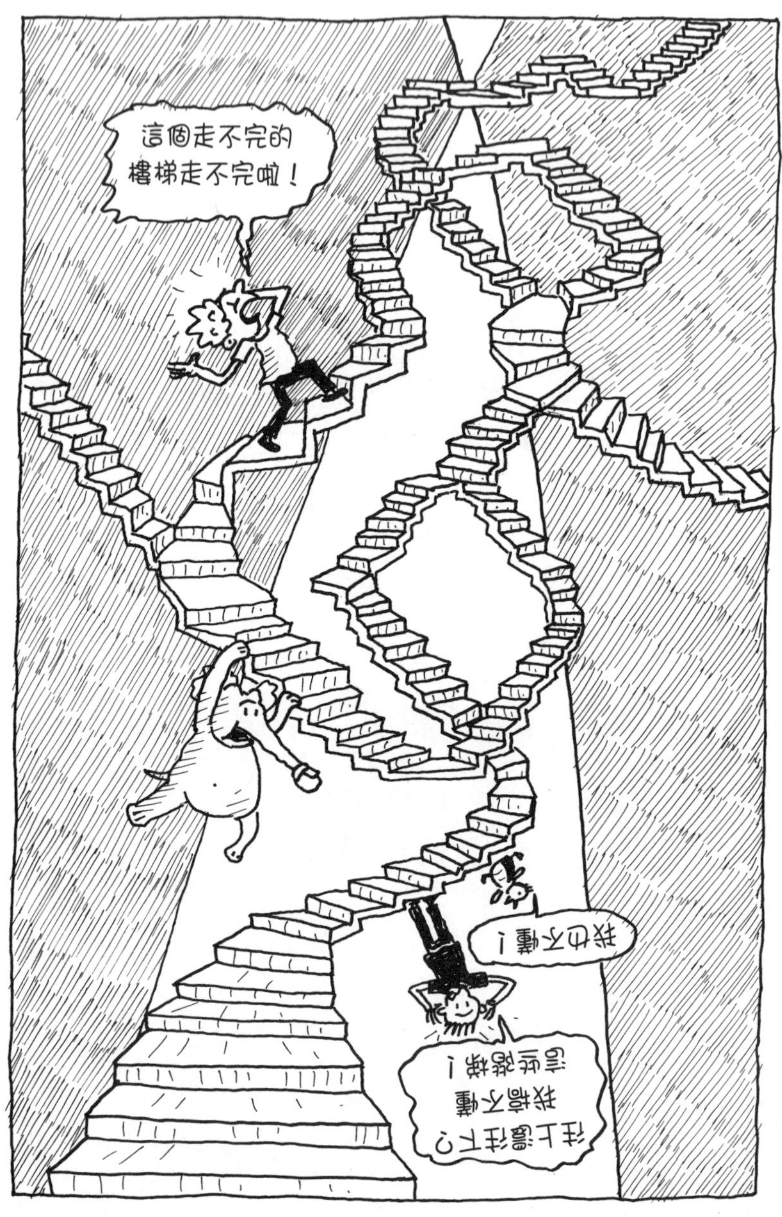

Q 什麼東西是棕色的、毛毛的，而且帶著太陽眼鏡？

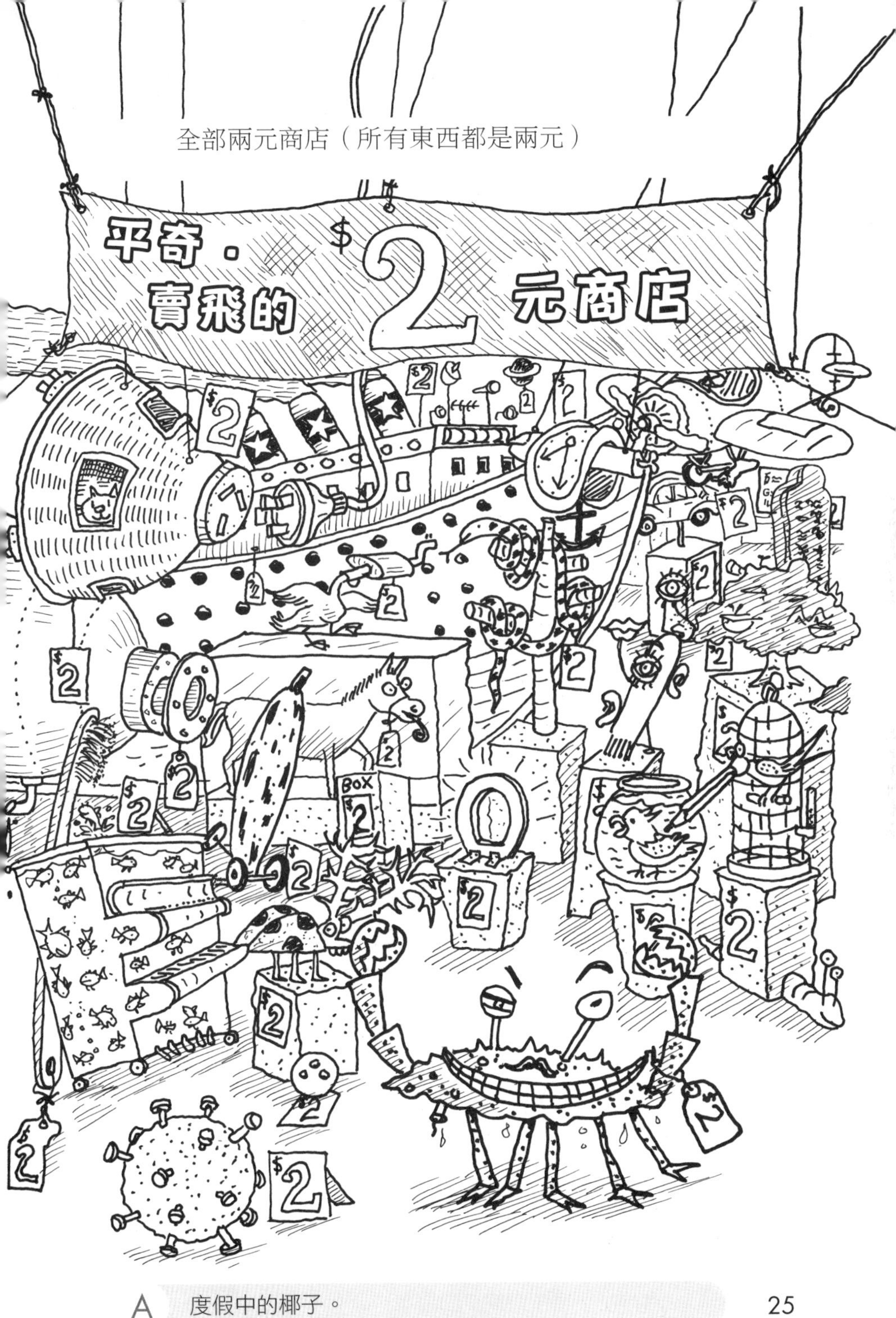
全部兩元商店（所有東西都是兩元）
平奇．賣飛的$2元商店
BOX

A　度假中的椰子。

全部兩百萬元商店（所有東西都是兩百萬元）

Q 為什麼小男孩會摔下腳踏車？

冰箱投擲場

（設置冰箱自動販賣機，這樣就不會缺冰箱了）

A 因為媽媽拿冰箱丟他。

麵包大戰層（設置自動麵包販賣機，這樣就不會缺麵包了）

Q 如何不用 R 拼出英文的兔子？

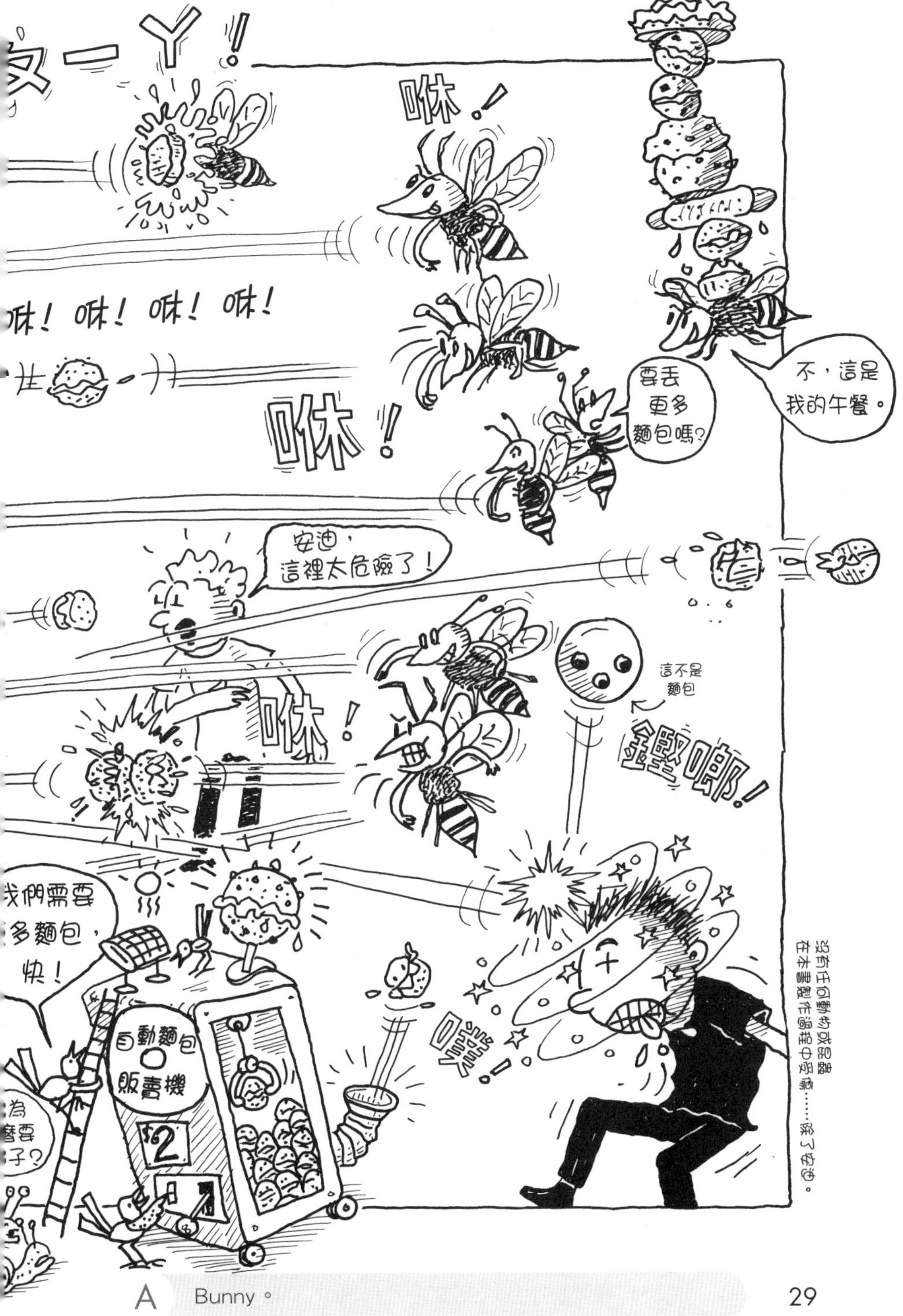

沒有任何動物或昆蟲在本書製作過程中受傷……除了安迪。

聖母峰

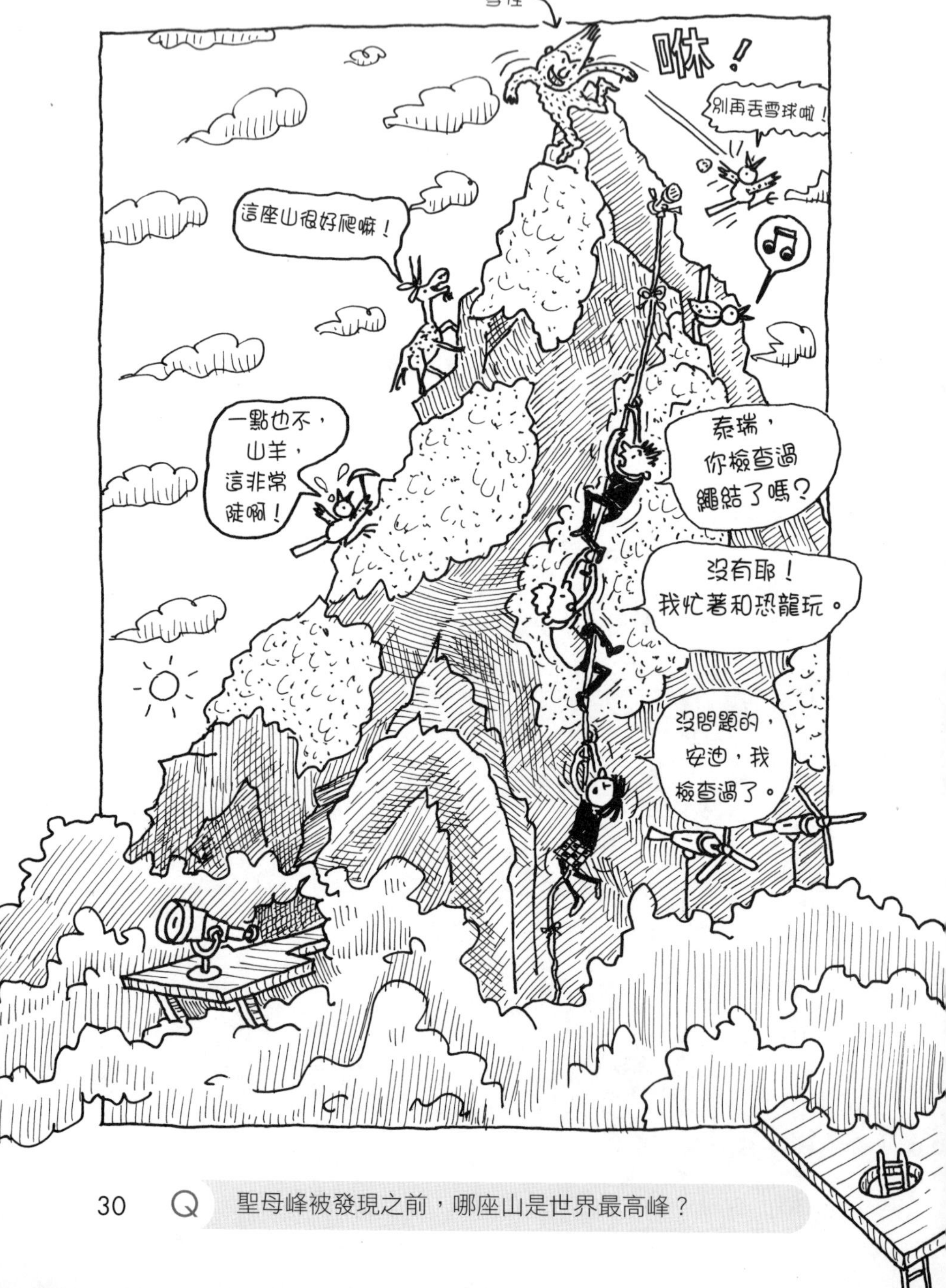

Q 聖母峰被發現之前，哪座山是世界最高峰？

打嗝銀行

A 當然是聖母峰。

深度纏繞層（這裡所有的東西全都纏成一團）

Q 大象和葡萄有什麼不同？

A 葡萄是紫色的，大象不是。

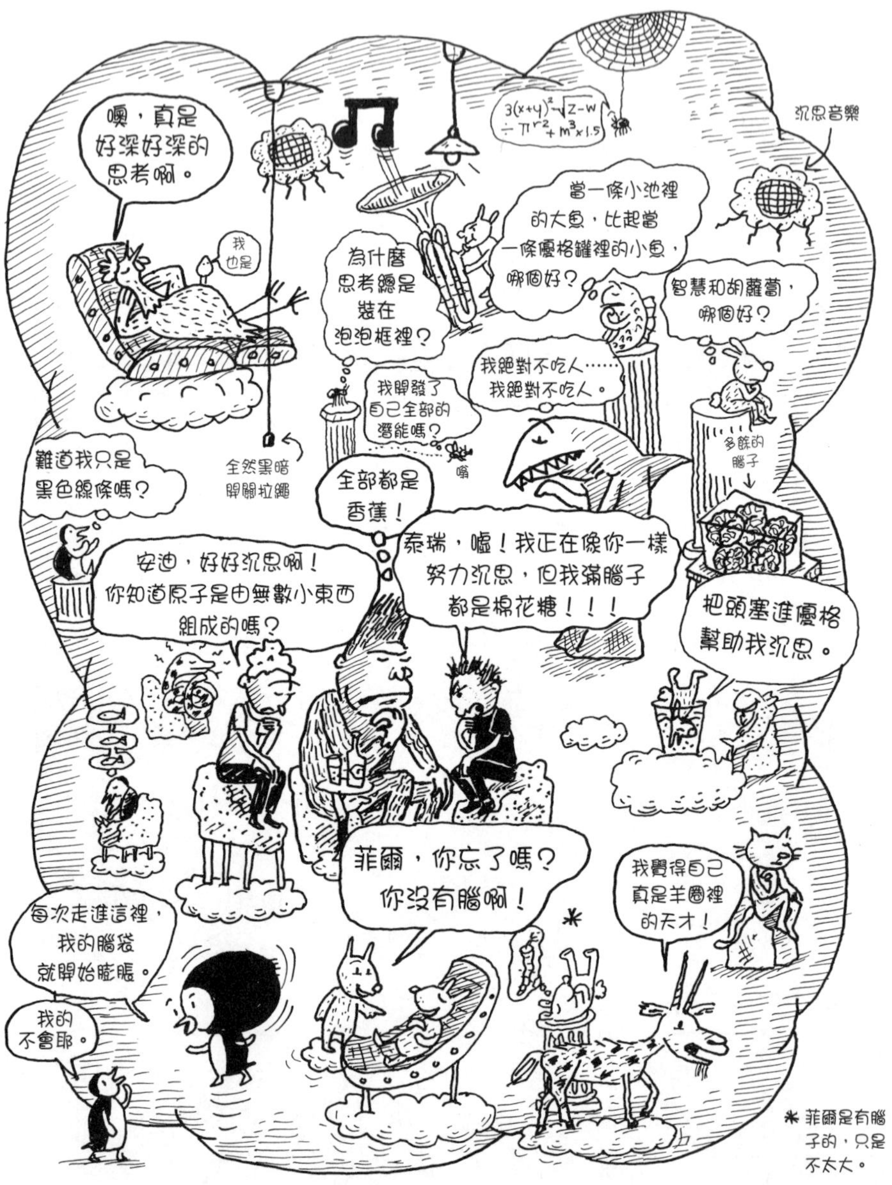

Q 會思考的粉紅色東西，是什麼？

用超強力堡壘強化器強化的堅固堡壘

A　大腦。

還有陽光普照、開滿毛茛、處處是蝴蝶和藍鴝的美麗原野。

Q 為什麼蝴蝶不用免洗吸管？

A 因為蝴蝶自備吸管。

樹屋不只是我們的家（好痛、好痛），也是我們一起創作的地方。我寫故事，泰瑞畫圖。

Q 為什麼蒼蠅從牆上掉了下來？

如你所見（痛、痛、痛），我們從事這一行已經好一陣子了。

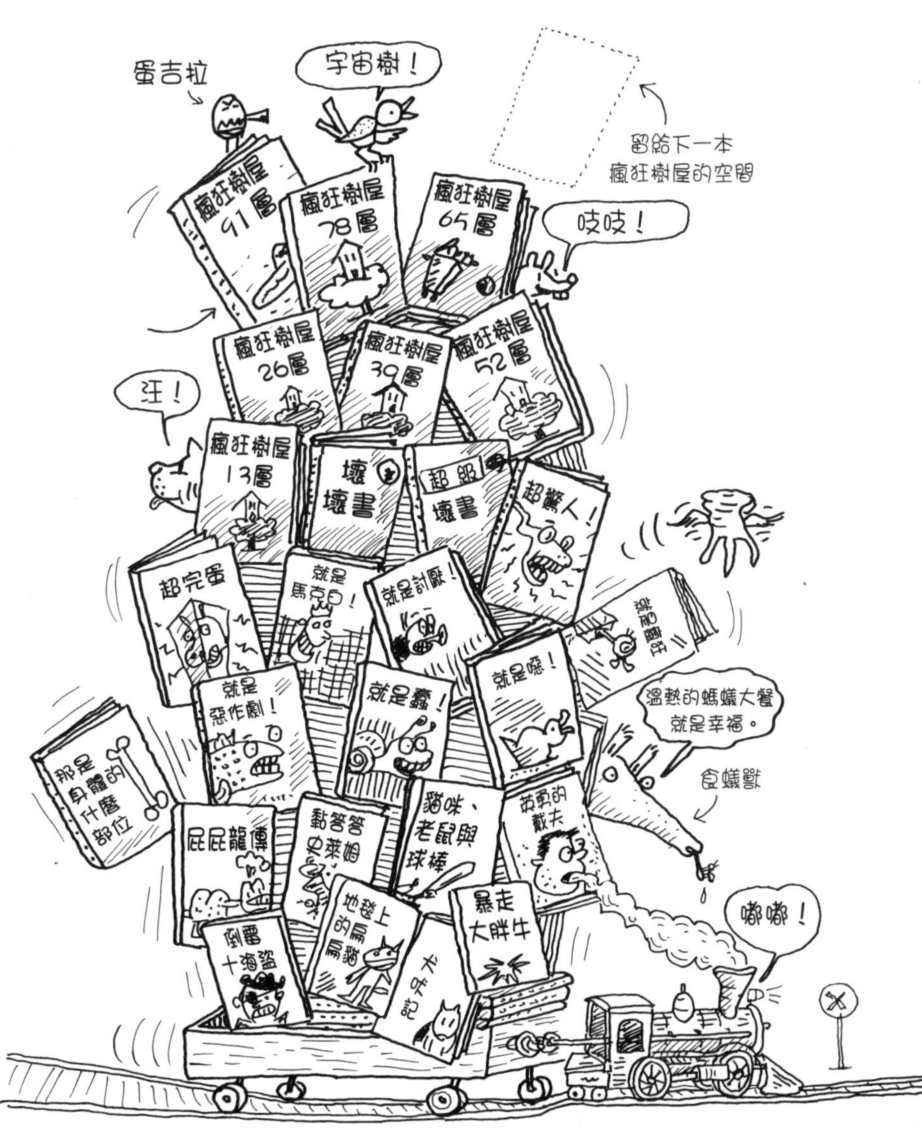

當然啦，住在104層樹屋是很容易分心的（痛啊）……

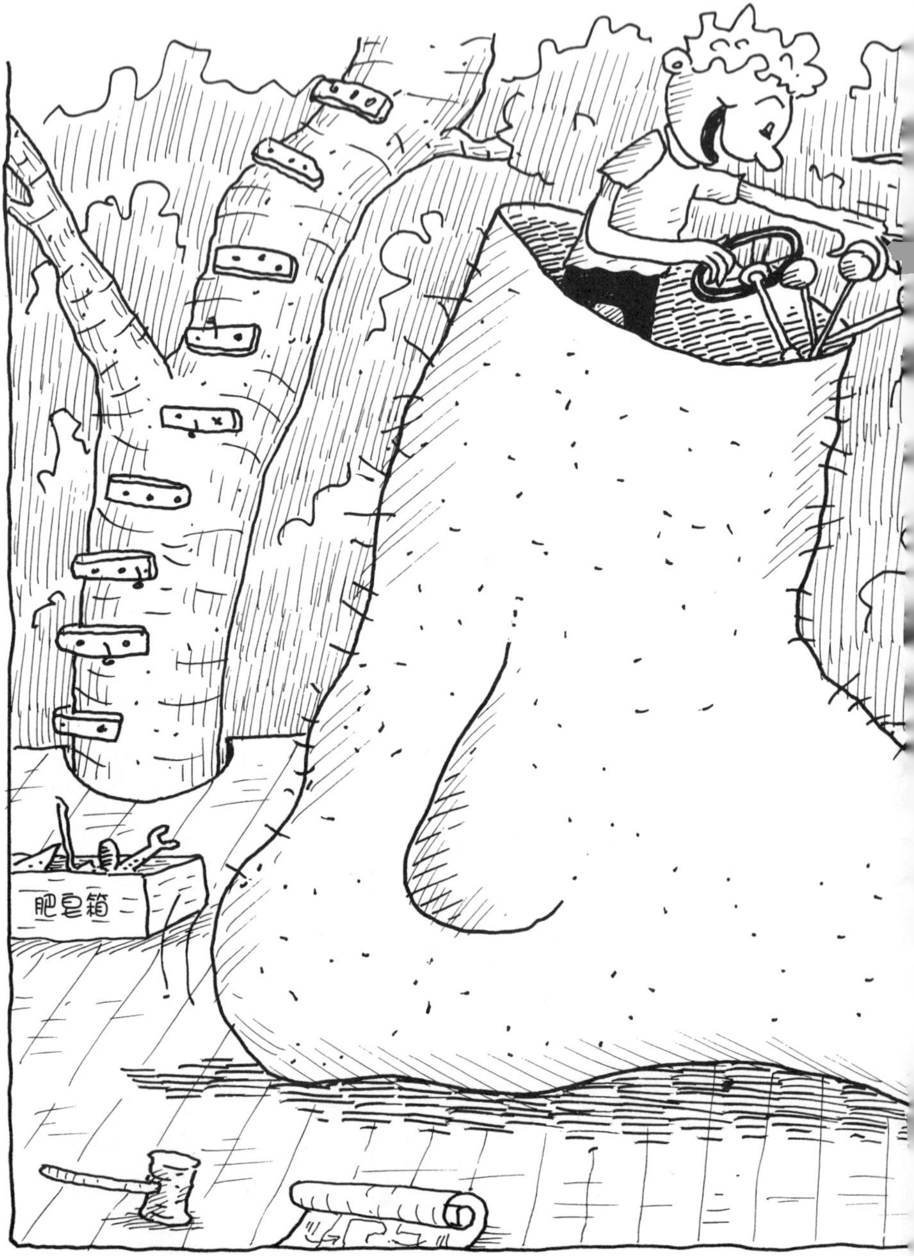

Q 香蕉對小狗說了什麼？

A 沒説什麼，香蕉不太説話的。

但是無論如何，我們最後總是能把書寫完（好痛啊）。

第 2 章

安迪的牙齒超級痛

如果你和我們大部分的讀者一樣（好痛），或許你正在猜（痛、痛、痛），為什麼我呻吟個不停。原因就是，我的牙痛非常嚴重。

A　因為他想看時光飛逝。

「嗨，安迪。」泰瑞雀躍的朝我一路蹦跳走來，身邊還跟著兩隻小羊。「在我們陽光和煦、開滿毛茛、處處是蝴蝶和藍鴝的美麗原野，真是個好日子呀！」

「一點也不，」我說：「簡直是個糟透的日子！我現在正在經歷全世界最痛的牙痛！」

「嘿，這讓我想到一個笑話。」泰瑞說：「小男孩幾點要看牙醫？」

「我不知道，也不想知道！」我說：「我的牙齒痛死了！」

他一邊大笑一邊說：「就是兩點半。懂了嗎？two-thirty，就是 tooth-hurty！和你一樣牙痛時！」

A　念念看英文兩點半（two-thirty= tooth-hurty）就知道了。

「有，我懂。」我說。

「那你為什麼沒笑？」

「因為我的牙齒太痛了！如此痛苦的時候，實在很難笑出來。」

「真是太可惜了，」泰瑞說：「因為我好愛笑話！我們應該寫一本全部都是笑話的書。」

「我很樂意，」我說：「但是因為牙痛，我完全沒有寫笑話的興致。事實上，我也不確定有沒有心情寫書。」

「但是我們必須寫完這本書啊，」泰瑞說：「否則大鼻子先生會氣炸！」

「我知道！」我說：「我只是不知道要怎麼寫。我牙齒快痛死了。」

「嘿，快看天空！」泰瑞說：「有一隻鳥耶！」

我朝泰瑞指的方向看去：「我想那不是鳥，那是超級手指。」

A 你的手**指**。

「不對，那不是鳥也不是超級手指。」泰瑞說：「那是一架雙翼機！還有廣告旗幟！」

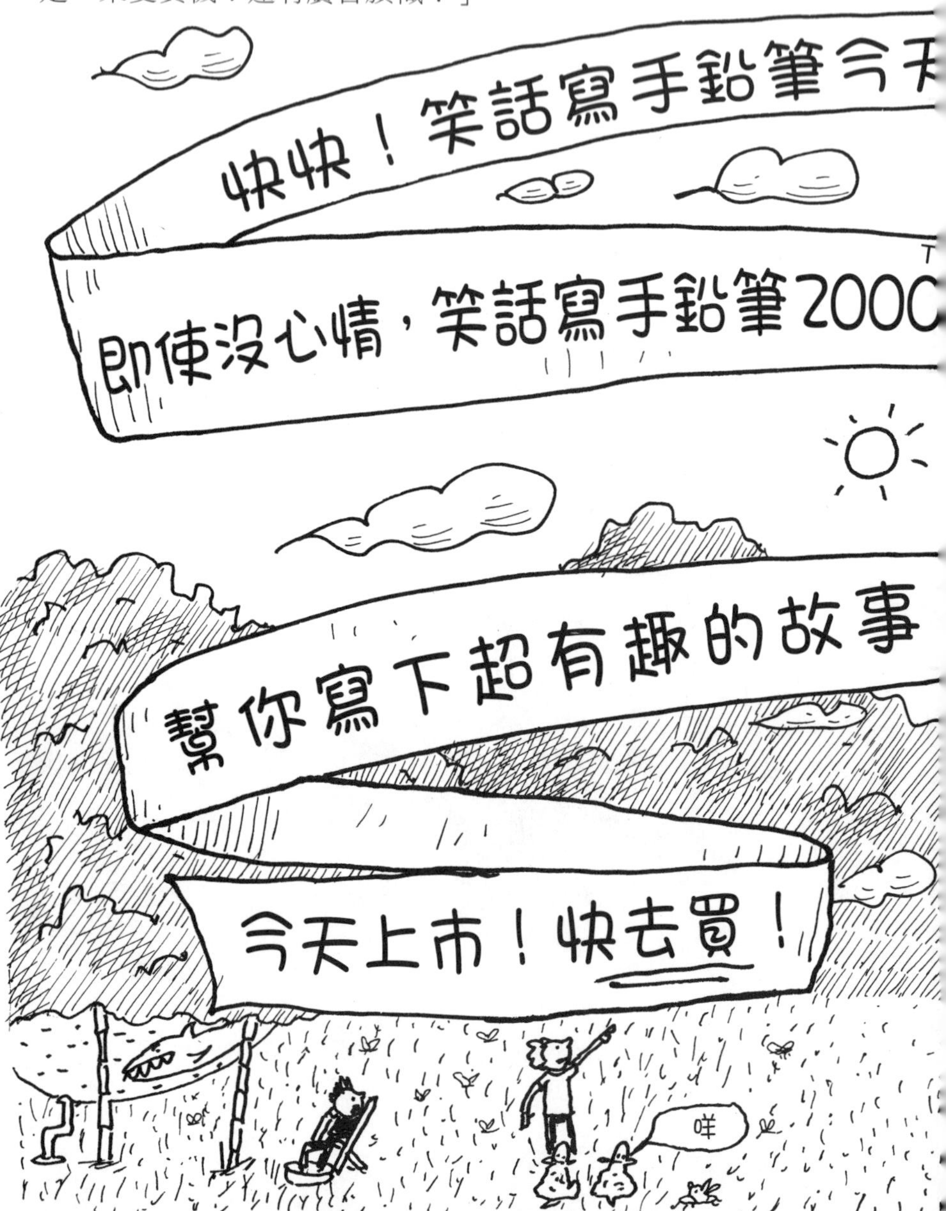

Q 你怎麼跟老雪人打招呼？

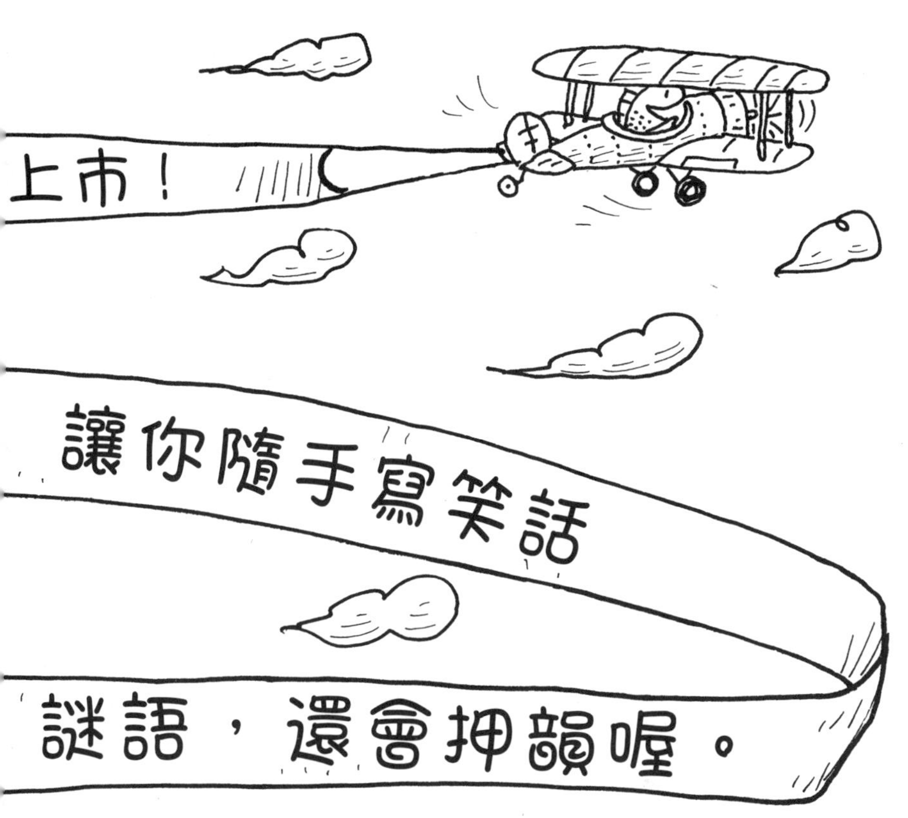

上市！
讓你隨手寫笑話
謎語，還會押韻喔。

「安迪，笑話寫手鉛筆！」泰瑞說：「我們完全需要！它能幫我們寫笑話，或許還能在你牙痛的時候幫忙寫書呢！我們要買。就是今天！」

「但是要去哪裡買？」我說，此時，第二架雙翼機飛過了頭頂。

「兩元商店，就是那裡！」泰瑞說：「我們的樹屋裡就有！」

「你說的沒錯！」我說（好痛、好痛）：「但是我只有一塊錢。」

Q 舊的百元鈔票和全新的壹元鈔票，哪個比較值錢？

「真糟，我也只有一塊錢。」泰瑞說。

「嗯……」我沉吟。

A　舊的百元鈔票，因為多九十九元。

「嗯……」

「嗯……」

「嗯……」

Q 一本數學課本對另一本數學課本說什麼？

「我有個點子！」泰瑞說：「為什麼不把我們兩人的一塊錢加在一起，這樣就有兩塊錢啦！」

「行得通嗎？」我說：「可能嗎？數學法則允許這種事情嗎？」

「我想是可以的。」泰瑞說：「最好的確認方式就是我們一起去兩元商店，看看平奇・賣飛會不會讓我們用兩個一塊錢硬幣買兩元的笑話寫手 2000™！」

「我不知道陽光原野竟然有視訊電話。」泰瑞說。

「當然有，」我說：「現在大部分的原野都有裝。」

「希望不是大鼻子先生。」泰瑞說。

「恐怕就是。」我說。

「我也覺得是。」泰瑞附和道。

Q 打電話給烏龜，猜一種蔬菜？

我接起電話回答。「哈囉（好痛），大鼻子先生。」我痛苦的說。

「你到底在哀哀叫些什麼？！」大鼻子先生吼著，嚇壞了在螢幕旁飛舞的蝴蝶。「我沒時間聽你哀哀叫！你知道，我可是個大忙人！」

「我知道，」我說：「但是我的牙齒……」

「我沒時間聽你解釋，」大鼻子先生打斷我：「你也沒時間解釋。今天是你們的截稿日。兩點三十分之前，稿子最好出現在我桌上，否則有你好看的！」

A 苦瓜（用台語念）。

「這個嘛，我們進度有一點點落後，」我說：「因為我牙痛，不過我們已經想到這次要寫很多笑話⋯⋯」

大鼻子先生再度打斷我：「聽聽這個笑話：如果某位作家和插畫家沒有在最後期限之前（怕你們忘記所以再說一次：下午兩點半），將書稿交給我，猜猜什麼又大又紅的東西會愈來愈生氣，因此變得更大更紅然後爆炸？怎麼樣啊？」

Q 什麼東西又大又紅，還會吃岩石？

「呃，我猜不到。」泰瑞說。

「我也是，」我說：「我們放棄。」

「**我的鼻子！**」大鼻子先生吼叫：「這就是答案！所以你們最好兩點三十分以前給我搞定，否則看著辦！」

A 紅色大食石獸。

「遵命，大鼻子先生。」我說，可是他已經掛掉電話了。

「我不覺得那個笑話好笑耶。」泰瑞說。

「一點也不，與其說是笑話，不如說是恐嚇。」我說：「我們最好趕快到兩元商店買一枝笑話寫手 2000 ™！」

Q 什麼東西又大又紅，還會吃紅色大食石獸？

「我們坐噴射旋轉椅去吧。」泰瑞說：「畢竟距離那麼遠。」

泰瑞吹聲口哨，旋轉椅立刻就出現了。

A　紅色大食紅色大食石獸之獸。

我們跳上椅子。

「到兩元商店！」泰瑞叫道，噴射推進的超音速旋轉椅立刻帶著我們起飛。

 Q 什麼東西會搖不會滾？

第3章

最後一枝
笑話寫手鉛筆2000™

我們抵達兩元商店。平奇・賣飛站在店門外，揮舞著螯，一邊高聲唱歌。

A 搖椅。

特賣！特賣！大特賣
這裡有跳樓大特賣！
在我的兩元特賣店
任何東西不超過兩元！

不是一元，也不用三元
不用五元，全部都兩元！
只要兩塊錢！真誇張——
但這是真的！超——

「不好意思，平奇，」我迅速插話（在他開始唱第三段之前）：「但是兩元商店裡的東西不是一向只要兩塊錢嗎？」

「當然，」平奇回答：「不過今天可是大特賣，所以兩塊錢是超級特惠價！」

Q　特賣會的時候，鳥會說什麼？

泰瑞皺起眉頭：「但是如果平常所有的東西就是兩塊錢，而你的特惠價是兩塊錢，那今天和其他日子有什麼不一樣啊？」

「因為其他日子不是特賣會，但今天是啊！」平奇回答，開始變得有點暴躁，在我們身旁危險的揮舞蟹螯。

在他變得更暴躁之前，我們點點頭，趕緊踏入商店。

「哇喔！」泰瑞說：「這家店什麼都有耶！你看！」

64 Q 沒有腿的綿羊叫什麼？

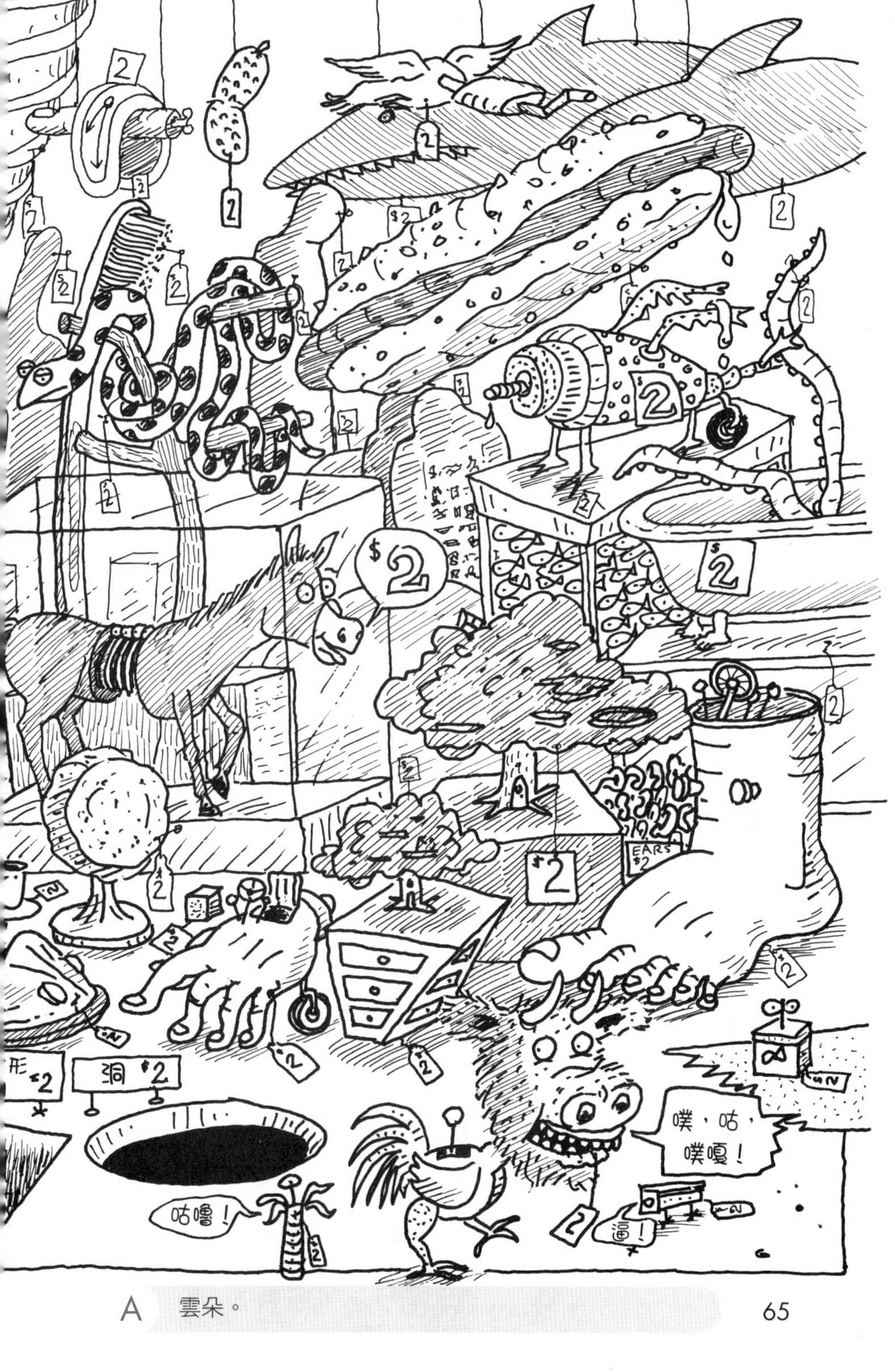

A 雲朵。

「嘿，你看這台電動香蕉，」泰瑞說：「只要兩塊錢耶！」

「然後這個夜光棉花糖比我的頭還大，」他繼續說：「也只要兩塊錢！」

Q 聞起來像香蕉的黃色東西是什麼？

「看看這個，我們的樹屋模型！」泰瑞說：「我們可以買這個，這樣我們的樹屋裡就有樹屋了！」

「竟然也有樹屋模型的模型！」他說：「我們的樹屋的樹屋裡也可以有樹屋耶！」

A　猴子的嘔吐物。

「噢，哇喔！」泰瑞拿起一個金色馬桶座：「這就是我一直想要的純金馬桶座墊——而且也只要兩塊錢！安迪，可以買這個嗎？拜託、拜託、拜託、拜託、拜託、拜託？純金馬桶座墊可以解決我們所有的問題！」

「不，並不會。」我說：「我們是來買笑話寫手 2000 ™ 的，而且我們現在就要買。那個才能解決我們所有的問題。」

Q 為什麼要把蠟燭插在蛋糕上？

「噢，對耶，我都忘了。」泰瑞轉向平奇問道：「不好意思，平奇，你有賣鉛筆嗎？」

「當然有啦。」平奇說。他深吸一口氣，接著開始唱歌。

有筆、鉛筆和所有文具
應有盡有，都在我的店裡：
沾水筆、墨膠筆、鋼珠筆和原子筆
還有滿坑滿谷的彩色筆和奇異筆！

A 因為你沒辦法插在蛋糕下。

我有可以當口紅用的筆，
也有可以在水中寫的筆，
如果你有該做但沒做的事，
我還有專門編藉口的筆。

我有可以頭上腳下寫字的筆，
就像太空人帶到外太空的筆，
也有可以在手上做筆記的筆，
當然，你想寫在臉上也可以。

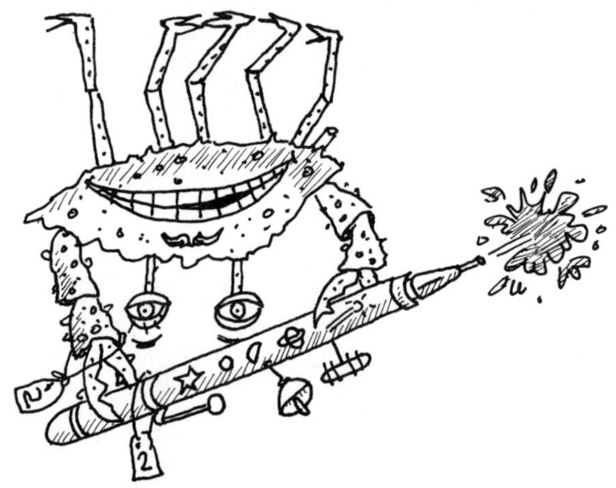

Q 為什麼太空站沒有人？

看看這枝筆，
愛筆的朋友們，
上面裝著小夜燈，
讓你夜晚也能寫，
想寫多久都可以，
因為小小夜燈亮到不行。

A 因為太空了。

再看看這枝筆，
末端裝個風扇，
還有加裝暖氣，
天氣冷熱都好寫。

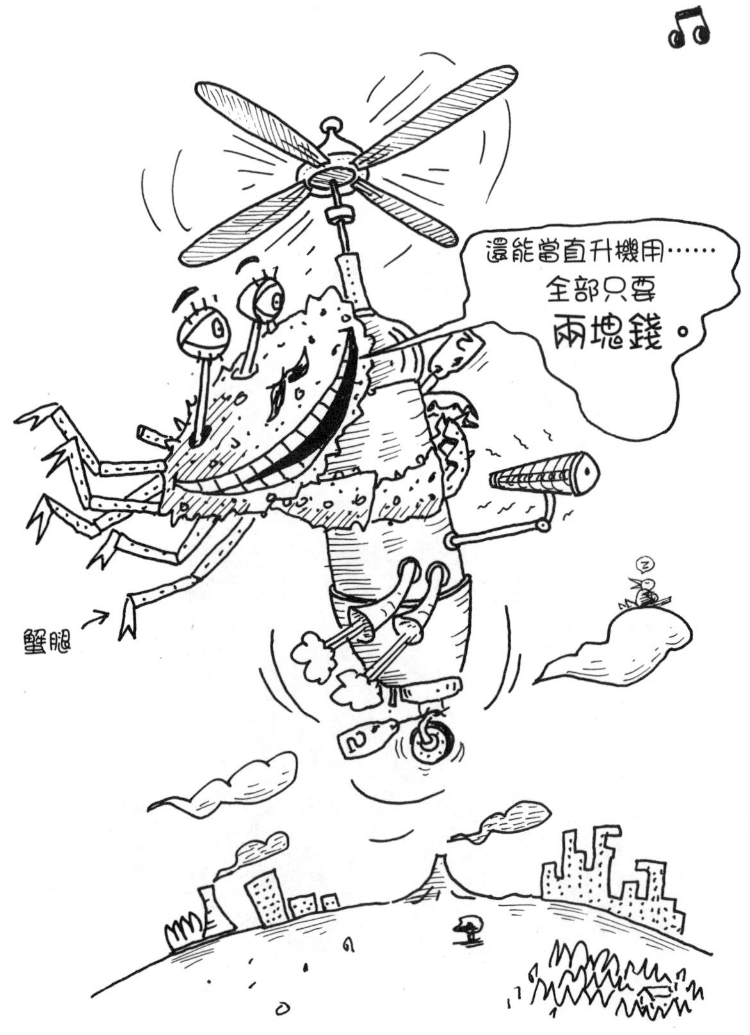

還能當直升機用……
全部只要
兩塊錢。
蟹腿

 Q 一枝鉛筆和另一枝鉛筆說什麼？

我有隱形墨水專用筆，
專業間諜必備，
有永遠吐實的筆，
也有枝下筆皆謊言。

我有枝筆能變成車，
也有筆能變成噴射機。
還有隻有耳朵和尾巴的毛茸茸筆，
可愛到和你家寵物匹敵！

如你所見，這裡要什麼有什麼，
而且每枝筆都不到兩元。
我的兩元商店堆滿超值好貨，
作家、插畫家和學者千萬別錯過！

「那麼，你們要選哪個？」平奇問道：「想要什麼樣的筆？」

「請給我一枝笑話寫手 2000 ™。」我說。

Q 原子筆對鉛筆說什麼？

「恐怕我已經沒有貨了。」平奇說：「多虧我的雙翼機廣告旗幟，今天早上這款筆非常受歡迎。但是別擔心，我還有很多其他神奇有趣的筆。」他深吸一口氣。

「噢不……」泰瑞悄聲說：「他又要唱歌了。」

「平奇，不用了，沒關係。」我趕緊開口：「我們只想要笑話寫手 2000 ™。」

A 你好黑芯喔。

「你們可以試試梵希・費許的兩百萬元商店。」平奇說：「他或許會有貨。」

「謝啦，平奇！」泰瑞說：「我們現在就過去。」

我們用最快的速度，直飛兩百萬元商店。

兩百萬元商店比兩元商店好太多了，不過當然啦，這裡的東西也昂貴許多。

「哇喔！」泰瑞說：「這家店什麼都有耶！快看！」

A 鉛筆，因為橡皮擦（差）。

$2,000,000
$2,000,000
$2,000,000
$2,000,000
$2,000,000
2,000,000
$2,000,000
$2,000,000

Q 為什麼鳥要往南飛？

2,000,00
$2,000,000
000
$2,000,000
$2,000,000
2,000,000
$2000,000
$2,000,0
$2,000,000!!!
$2M
$2,000,00
$2,000,0
2,000,000
$2,000,000
HOLE
$2,000,000
200,000
X+2y=
√40T − (3x
+πr²)×2
$2,000,000

A 因為用走的太慢了。

「您們好呀，親愛的客人。」梵希．費許說：「歡迎來到我的兩百萬元大百貨。在下是否能為二位服務？」

「我們想要買一枝笑話寫手 2000 ™，謝謝。」我說。

Q　什麼東西又綠又黏、聞起來像尤加利葉？

「二位，容我說，這真是絕佳選擇。」梵希．費許說：「笑話寫手 2000 ™是絕妙的鉛筆，而且非常划算，只要兩百萬元。其受歡迎的程度有目共睹 —— 事實上，這是我店裡最後一枝呢。」他將鉛筆放在我們面前的櫃台上。

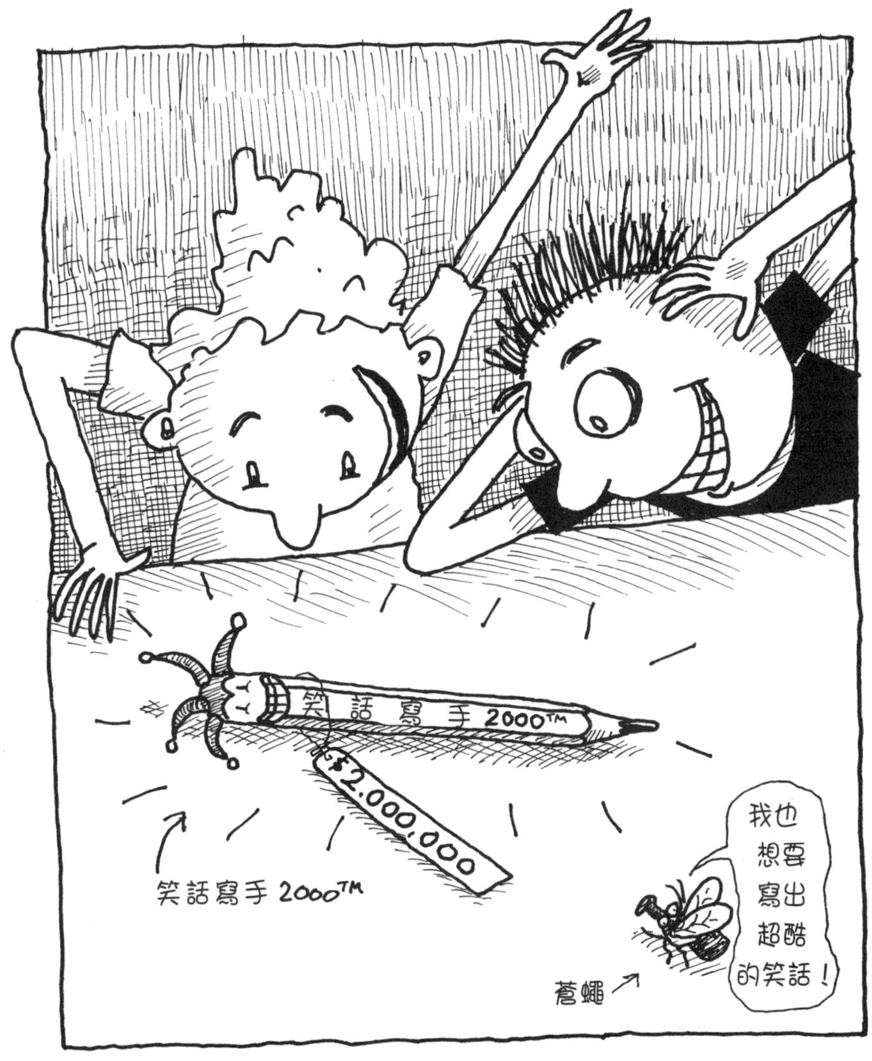

A　無尾熊的嘔吐物。

「我們買了！」泰瑞說。

「等等，別急。」我說，並轉向梵希．費許：「請容我們暫離片刻，待我和友人商討一番。」

「沒問題。」梵希．費許回答。

我把泰瑞拖到一旁。

「怎麼了，安迪？」他說：「那就是我們要的呀。」

「是沒錯，」我說：「但是那要兩百萬元，而我們身上只有兩個一元硬幣！」

「對耶，」泰瑞說：「真是太可惜了……除非……除非……」

「除非什麼？」我問。

「除非我們用蜂蜜與錢兩用製造機製造一百九十九萬九千九百九十八元？然後加上我們兩個的一塊錢硬幣，我們就有兩百萬元啦！」

「太棒了！」我說：「我怎麼會沒想到呢？」

「沒為什麼，因為你牙齒痛啊。」

「唉唷！」我說：「還真謝謝你提醒我啊。」

A 魚池鄉。

我轉向梵希·費許：「請為我們保留那枝笑話寫手 2000 ™——我們馬上回來！」

「這個嘛，我盡量囉，」梵希·費許說：「不過我無法保證，畢竟價錢這麼好，很快就會被買走的。」

第4章

百熊麵包大戰

我們趕到蜂蜜與錢兩用製造機的樓層。

「這東西怎麼開機？」我問。

「很簡單，」泰瑞說：「將把手轉到錢的那一邊，然後按下啟動鈕── 像這樣。」

A　因為牠們不想力爭上游。

機器開始運轉，發出咻咻聲，接著吐出鈔票，到處亂飄。

「真是太好玩了！」泰瑞興奮的蹦蹦跳跳，在空中胡亂抓鈔票。

「小心。」我說：「別撞到轉換把手。」

Q 什麼東西跑得愈快，愈難跟上？

「唉呀。」泰瑞向後滑了一下，不偏不倚正好撞上轉換把手！

機器發出詭異的咕嚕巨響，從製造錢轉而開始製造……

Q 蜜蜂對花說什麼？

咕嚕
咕嚕
咕嚕
咕嚕

還來不及反應，蜂蜜已經淹到了我們的膝蓋！

機器不斷湧出黏答答的巨浪。

「泰瑞，你這個白痴！」我怒吼：「你撞到轉換把手啦！」

「對不起，」泰瑞說：「但是沒關係，我剛剛關掉電源了。」

Q 蜜蜂早上怎麼到學校？

「那為什麼還是有奇怪的咆哮聲？」我說。

「那不是機器。」泰瑞說：「那是真正的咆哮聲——是那些熊發出來的！」

「熊？」我問。

「沒錯，」泰瑞說：「你看！」

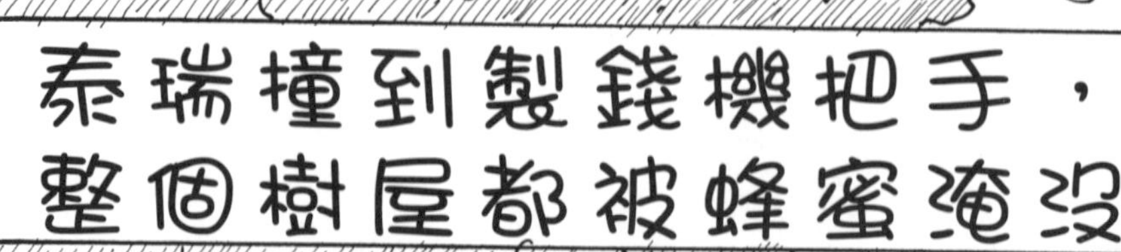

Q 為什麼熊貓喜歡懷舊老電影？

不再製錢而是製造蜂蜜，全部的熊都來了之日。

A　因為老電影也是黑白的。

「噢不！」泰瑞說：「太慘烈了！」

「不見得，」我說：「事實上還不錯呢 —— 因為熊正在吃掉所有的蜂蜜！」

「但是蜂蜜吃光之後呢？」泰瑞說：「熊就會吃掉我們！」

「這些熊不會。」我說：「牠們顯然是食蜜熊，不是食人熊。」

Q 熊發動什麼攻勢最難抵擋？

「牠們一定也是食麵包熊。」泰瑞指向麵包大戰樓層：「你看！」

「噢不！」我說：「牠們不只吃麵包，牠們也亂丟麵包……小心！」

A　發射熊抱。

我立刻找掩護，但是泰瑞動作太慢。其中一個麵包擊中他的頭，他摔倒在地。

泰瑞跳起身，說道：「好啊！要開戰了！」

「沒錯！」我說：「如果牠們要打麵包大戰，我們就奉陪到底！」

Q 什麼熊沒有牙齒？

我們撿起熊扔來的麵包，兇猛的丟出去回敬。

我們和一百隻熊打了
一場瘋狂的麵包大戰之日。

A　雄（熊）糾糾的時候。

形形色色的麵包往各個方向飛去。熱十字小麵包、冷十字麵包、肉桂麵包、奶油小麵包、栗子夾心麵包、剛出爐的麵包、過期的麵包、漢堡麵包、熱狗麵包、冰箱麵包……等等，冰箱麵包？!

根本沒有冰箱麵包這種東西啊！

熊扔過來的是貨真價實的冰箱！

A 不怕，因為「熊熊」烈火。

「夠了，你們這些熊！」我說：「丟冰箱完全違反麵包大戰的規定！仔細看看規則吧！」

 Q 什麼東西是黑白、黑白、黑白？

「也許熊不識字。」泰瑞說。

「你說的沒錯。」我回答：「我們最好躲到堡壘去——而且要快，免得被一個亂飛的冰箱砸扁！」

「或是四個亂飛的冰箱。」泰瑞說，同時有四個冰箱正朝我們飛來。「快逃啊！」

我們在千鈞一髮之際躲開，冰箱砸在堡壘牆壁上，但是由於牆壁經過了超強力堡壘強化器強化，在猛烈的冰箱攻勢下仍牢不可破。

A 從山坡滾下來的熊貓。

「你覺得牠們會持續多久？」泰瑞問。

「誰知道？」我說：「可能永無止境吧……或是直到冰箱販賣機的冰箱缺貨為止——我想應該是後者。」

「如果吉兒在就好了，」泰瑞說：「她會和熊談判，請牠們不要再丟冰箱了。」

「嘿，我知道了，」我說：「我們叫吉兒來吧！」

「好主意，安迪！」泰瑞說。

Q 為什麼熊從腳踏車上摔下來？

A 因為牠媽媽用冰箱丟牠。

才一會兒，吉兒駕著飛天貓雪橇迅速劃過天際，安全降落在我們的堡壘牆內。

「聽到你們叫，我就盡快趕過來了。」她說：「這麼多熊在樹屋做什麼？而且為什麼熊要朝你們丟冰箱？」

「這個嘛，」我解釋：「我們本來在製造錢，但是泰瑞撞到開關，變成製造蜂蜜，然後熊就跑來吃光蜂蜜。接著牠們就開始扔麵包了。」

「還有冰箱。」泰瑞補充：「妳有辦法讓牠們停下來嗎？」

「我試試看吧。」吉兒說：「熊有時候非常固執，但是我和牠們談談看。」

A 因為牠媽媽用冰箱丟牠。

 Q 為什麼冰箱從腳踏車上掉下來？

熊放下冰箱，抬頭看著吉兒。

「我對你們這些熊非常失望。」她說：「到別人的樹屋作客時，絕對不可以有這樣的行為。」

其中一隻熊上前，朝吉兒輕聲咕嚕。

「那一定是發言熊。」泰瑞說。

吉兒轉向我們，她說：「熊說牠們非常抱歉。」

「沒關係啦。」我說。

「對呀，」泰瑞也說：「沒關係的。麵包大戰其實很好玩，只是冰箱讓我們很害怕。」

A 因為它媽媽朝它扔熊。

「聽著，」吉兒對熊說：「冬天快到了，你們應該好好準備冬眠才行。你們為什麼不現在都回家去，晚一點我會到你們的洞裡，幫你們蓋被子，念個熊話故事給你們聽，也許還會讀《瘋狂樹屋 104 層》喔！」

熊顯然很喜歡吉兒的點子，開始興奮的跳來跳去，互擊熊掌。

Q 為什麼冰箱從樹上掉下來？

「熊最喜歡熊話故事了。」吉兒解釋。

A 因為冰箱沒有手。

發言熊拍拍吉兒的肩膀，在她耳邊低吼。

吉兒轉向我們說：「牠想知道你們的故事裡有沒有熊？」

「大概有一百隻吧！」我說。

熊群開心的呼嚕吼著，吉兒翻譯：「熊想請你們和我一起念故事，可以嗎？」

「好呀，」泰瑞說：「那有什麼問題！」

「沒錯，」我說：「不過首先我們必須完成這本書。」

「那麼我們最好走一步，」吉兒說：「好讓你們繼續工作。」

A　北極熊才不吃企鵝，因為企鵝住南極。

她爬上飛天貓雪橇，對熊群大喊：「跟著我！貓和我會帶你們走最快的路回家。」

「晚點見！」泰瑞叫道：「謝謝你們吃掉所有的蜂蜜——否則我們一輩子都清不完！」

Q 熊最喜歡什麼類型的故事？

第 5 章

如果我聽安迪的話

「好吧，如果要念《瘋狂樹屋 104 層樓》給熊聽，那我們最好趕快開工。」泰瑞說。

「我知道！」我說（哀號）：「但是我的牙齒快痛死了。希望製錢機製造的錢足夠我們買下笑話寫手 2000 ™。」

我抓起一把黏答答的鈔票，開始數錢。

「一、五、二（哀號）……」。

「安迪？」泰瑞說。

「噓！」我回答：「我正在專心。七、五、九（哀號）……」

「呃，安迪？」

「等一下再說，泰瑞。十、十一……」

「安迪！」泰瑞大吼。

「不要再打斷我了！」我說：「你害我一直算錯！我又要從頭開始了啦！」

A　因為小丑讓他們笑到肚子痛。

「抱歉。」泰瑞說：「但是我想和你商量一下。讀者們和我在想，你能不能數快一點……而且數字順序要正確。」

「我已經盡可能數快了，而且也數得很好啊。」我說。

「但是感覺你永遠數不完。」泰瑞說：「或許你需要幫忙。我去一趟傻蛋帽子層，馬上回來。」

幾分鐘後，泰瑞帶著一頂看來很蠢的帽子回來，接著把它戴在我頭上。

「我不想戴這頂笨帽子。」我說。

「我知道這帽子看起來很蠢，」泰瑞說：「但是會讓你變聰明：這是超高速計算傻子帽。」

「既然如此，」我說：「那就開始超高速計算吧！」

A 冰帽。

我頭戴外型愚蠢的
超高速計算傻子帽，
用前無古人的計算速度
完成史前無例的計算！

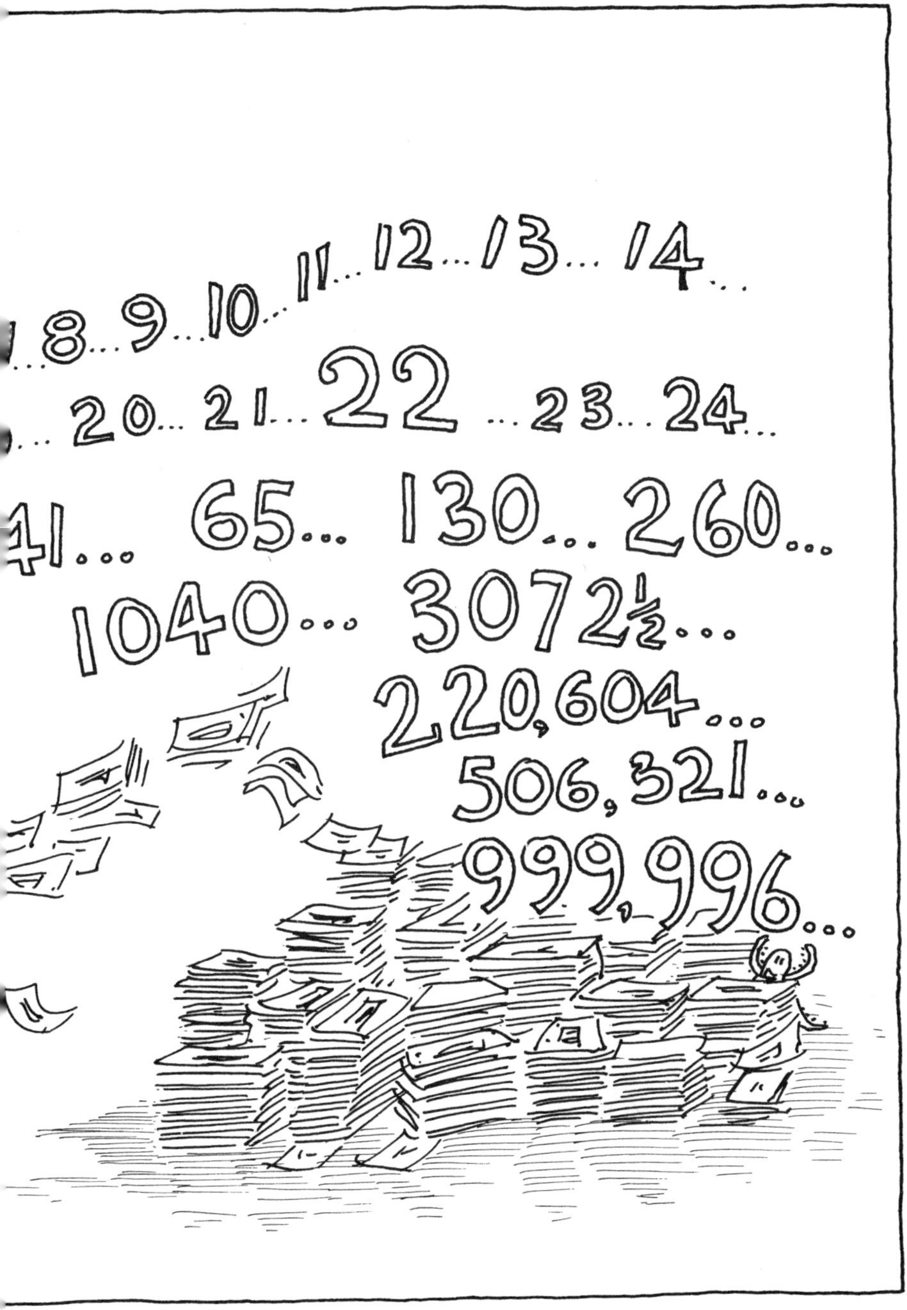

A 因為「七」人太甚。

很快的，我清點完每一張鈔票。「我們共有一百九十九萬九千九百九十六元。」我說。

「可惡！」泰瑞說：「還差四塊錢！」

Q 我往上指就亮，往下指就暗。猜猜我是什麼東西？

「事實上只差兩塊錢。」我說：「還記得嗎？我們還有一個我的一元硬幣，以及一個你的一元硬幣。」

「這樣的話，」泰瑞說：「我們只要用製錢機再製造兩塊錢就夠了。」

「沒辦法！」我說：「開關黏滿了蜂蜜，沒辦法轉到製錢功能了。」

A 電燈開關。

「噢不！」泰瑞說：「那我們現在怎麼買得起笑話寫手 2000 ™？」

「我不知道，」我說：「我完全無法思考，我的牙齒太痛了。」

「去打嗝銀行看看如何？」泰瑞提議：「我們至少有二十個嗝存在那裡。我們可以用那些呀！」

「我們不能用嗝支付。」我說。

「為什麼不行？」泰瑞問。

「因為每個人都跟著做的話，」我說：「就會變得很噁心。」

「真可惜。」泰瑞說：「我覺得用嗝買東西很酷。」

如果可以用打嗝代替錢幣買東西，
這世界該有多酷。
你欠銀行3百萬。
好吧。
嗝！
嗝！
嗝！
嗝！
嗝！
嗝！
嗝！
嗝！
嗝！
嗝！
嗝！
嗝！
入場費
1嗝
UNO
1
這台車好大喔。
別介意，他要打個大……
嗝！
嗝！

A 噗。

「也許我們該試試深度思考樓層。」泰瑞說：「或許會有幫助。還記得上次我們去那裡思考嗎？我想到早餐吃冰淇淋配火腿一定很棒，然後我們試了，確實很棒。」

「沒錯，」我說：「那個想法真的很棒。我們去試試吧。」

Q 烤架上有兩根香腸，其中一根說：「哇，是我的錯覺嗎？還是這裡真的很熱？」另外一根香腸會回答什麼？

我們飛到深度思考樓層，然後擺出深度思考的姿勢。

「嗯嗚嗚嗚（呻吟）……」

「安迪，有想法了嗎？」

「沒。你呢？」

「還沒……」

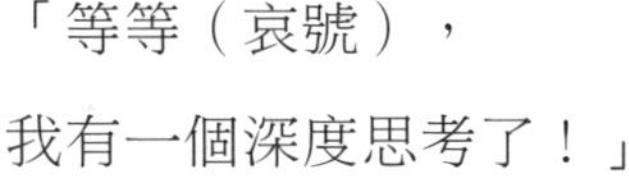

「等等（哀號），

我有一個深度思考了！」

「嘿，我也是耶！你的是什麼？」

「關於我的牙齒有多痛……」

「我的是關於香腸……」

A 他會順便洗腦。

Q 鯊魚吃花生醬配什麼好？

香腸配果凍
香腸配巧克力
香腸配果凍
和巧克力
香腸配香蕉
香腸配棉花糖
香腸配香腸
香腸配香腸配香腸
香腸配香腸
配香腸配香腸
配香腸 配香腸

A 花生醬配吐司最好囉。

「有了、有了！」泰瑞說：「香腸配香腸還有香腸！你想到什麼了嗎？」

「什麼都沒有，」我說：「我滿腦子想的都是牙齒有多痛（呻吟），而且一切都是你的錯！叫你不要撞到製錢機的開關，你要是聽我的話就好了。但是你偏偏不聽，就是撞上去了，所以我們現在沒有足夠的錢買笑話寫手 2000 ™！」

「往好處想，」泰瑞說：「我們有很多蜂蜜呀。」

Q 什麼東西有齒無口？

「可是我們不需要蜂蜜！」我說：「我們需要的是笑話寫手 2000 ™！我們需要這枝筆的唯一原因，就是因為我牙痛，而且我牙痛也是你的錯！」

「你牙痛怎麼變成我的錯了？」泰瑞說。

「你還記得嗎？你為討厭薄荷牙膏的人發明了棉花糖口味的牙膏。」

「記得啊，」泰瑞說：「牙膏怎麼了？」

A 扁梳子。

「因為它刷了無法預防蛀牙，」我說：「反而會造成蛀牙！」

「那可不是我的錯，」泰瑞說：「我在牙膏包裝上寫了警語。你看——就在這裡！」

泰瑞牌 棉花糖口味牙膏
專為討厭薄荷牙膏的人士而設計
成分：波里烏利羥基褐甲基乙基酮二氯鈹硼鋁磷鋰（1%） 棉花糖（99%）
警語：無法真正清潔牙齒。不適合人類使用。
特別不適合任何名叫安迪的人使用。

A 你這是什麼口味？

「你一開始到底為什麼要發明這麼蠢的牙膏？」我說：「如果我說不要發明這麼蠢的牙膏的時候，你聽我的話就好了！事實上，如果你好好聽我的話，我們幾乎可以避免所有的問題！！！」

「嘿，這給了我寫歌的靈感。」泰瑞說。

如果我聽安迪的話，
錯誤就不會發生。
如果我聽安迪的話，
我永遠不會唱出這首歌。

但是我沒有聽安迪的話，
現在他痛到哀哀叫，
噢～為什麼我總是這麼傻？
永遠永遠永遠改不了？！

A 打擊音樂。

像是那次我娶了美人魚，
其實是隻海底怪獸，
她差點吞下了
我和我的好朋友安迪！

還有那次在鯊魚池，
我用鯊魚洗內褲。
還有那次我忘記關上螞蟻農場的大門，
螞蟻大批大批湧出。

A 水床。

如果我聽安迪的話，
我就不會為了懶得寫書，
發明會替我們寫字畫畫的機器，
最後反而被機器狠狠教訓。

Q 如何讓蝸牛殼閃亮如新？

如果我沒有訓練一批忍者蝸牛——
噢～等等，效果其實還不錯！
雖然要花上一百年，
牠們最後還是拯救了那一天。

A 拋光蝸牛殼。

安迪警告我有間諜牛，
我卻沒有聽他的話！
結果牠們的超蠢牛電影，
比我們的電影還受歡迎。

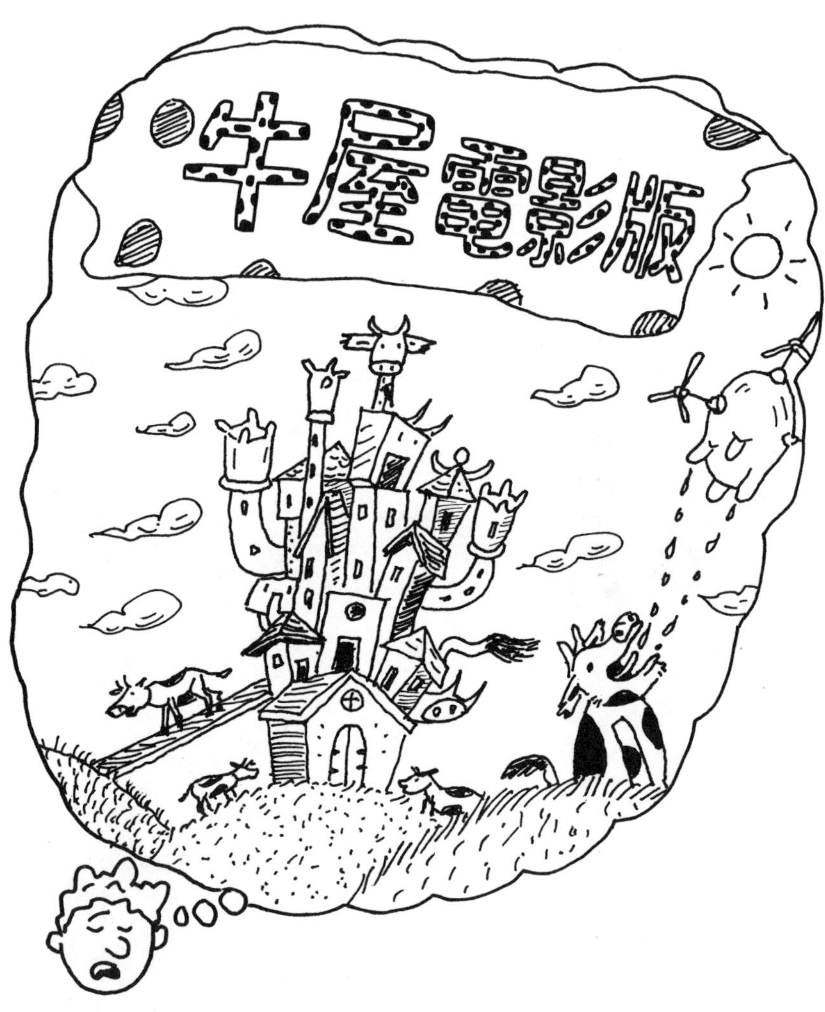

 Q 牛的床邊故事叫做什麼？

如果我聽安迪的話，
使用機器製錢時小心翼翼，
就不會一屁股撞上開關，
害樹屋淹滿蜂蜜。

我也永遠不會發明，
棉花糖含量百分之九十九的牙膏。
我對於做過的一切蠢事感到非常抱歉，
噢～可憐的安迪，我心情真的好糟糕。

Q 如何用兩個字母拼出「candy」？

如果我能想出一個方法，
讓他不要滿腦子都想著那顆牙，
何不，我現在就拔掉它，
晚上安迪就能把牙齒放在床頭上。

牙仙會現身帶走牙，
然後留下金幣，
安迪再也不會牙痛，
一定能讓他笑咪咪！

他一定會說：「泰瑞其實你沒這麼呆！
這一次你總算做對啦！
我們可以帶著全部的錢回到那間店，
帶著我們需要的那枝鉛筆回家！」

A 因為牙仙收集了很多智齒。

「就是這樣！嘿，安迪！我有個辦法可以解決所有問題，而且一切都會很順利！」

 Q 把一顆牙齒放入一杯水中，會發生什麼事？

「泰瑞，現在不要」：「這不是說笑話的時候……我的牙齒實在太痛了！」

「我知道啊，」他說：「但是你的牙齒正是解決所有問題的辦法。」

「什麼辦法？」我問。

「只要拔出你的牙齒，」泰瑞說：「牙仙今天晚上就會來，她會帶走牙齒、留下兩塊錢硬幣，那我們就有足夠的錢買笑話寫手 2000 ™啦！」

A 牙齒會溼掉。

「太瘋狂了。」我說。

「噢……」泰瑞失望的說。

「瘋狂到我覺得可以！」我說：「試試看吧！」

「太棒了！」泰瑞說。

第6章

拔河大賽

「牙醫師泰瑞在此為您服務！」泰瑞說：「不要動，讓我用這枝槌子敲下你的牙齒。」

「想都別想！」我說：「我現在已經夠痛了！不准用槌子！」

A　牠考「砸」了。

「不要槌子嗎？沒問題！」泰瑞說：「那我用牙齒炸藥好了。這裡寫著：放入口中靠近牙痛處，點燃引信即可。」

「絕對不要！」我說：「不准用槌子，也不准用炸藥！如果牙齒被炸成碎片，牙仙就不會要了。你這牙醫真是太不稱職了！」

「這樣我沒辦法啦。」泰瑞說。

「也許我們可以去請教那三隻睿智的貓頭鷹，看看該如何弄出這顆牙。」

「我不知道耶，」我說：「我覺得那幾隻貓頭鷹可能沒有你想的那麼睿智。」

「你還有其他點子嗎？」泰瑞說。

「沒有，」我一邊哀號著回答：「我們去見睿智貓頭鷹吧。」

於是我們坐噴射旋轉椅到貓頭鷹屋。

A 喵。

「您們好，睿智的貓頭鷹啊！」泰瑞說。

 Q 貓頭鷹最喜歡的科目是什麼？

「我就知道，」我說：「這根本是浪費時間。我們走吧。」

「不，安迪，給牠們一次機會。」泰瑞說：「我們都還沒問問題呢。」

泰瑞轉身面向貓頭鷹：「睿智的貓頭鷹啊！懇求呀，請給我們的問題一個答案吧：解決安迪牙痛最好的方法是什麼？」

「線！門把！碰！」睿智的貓頭鷹說。

「你看吧！」我說：「我就知道這不是什麼好點子。牠們只是隨便呼喊幾個字罷了！」

A 代數（樹）。

「不，牠們並不是隨便喊！」泰瑞說：「而是說得非常有道理。牠們說：把一段『線』綁在你的牙齒上，線的另一端綁在『門把』上，然後『碰』一聲關上門。摔門的力道會扯下你的牙齒，我們所有的問題也就跟著解決啦！」

「這樣啊，」我說：「聽起來確實比槌子或炸藥不痛一些。」

Q 哪一種房沒有門窗？

「這是當然的，」泰瑞說：「而且我們可以從纏繞樓層找到一段線。走吧！」他轉向睿智的貓頭鷹說道：「再會了，智者們，謝謝你們充滿智慧的建議！」

A 心房。

纏繞樓層看起來比平常更糾結。那裡是一大團錯綜複雜的繩子、纜繩、電線、緞帶、細麻繩、粗繩索、縫衣線、細線，全都纏在一起，纏繞成史上前所未見最糾纏不清的巨型纏繞線繩團。雖然圍了警示封鎖線，卻看不到封鎖線，因為也全部纏成一團了。

「我要進去裡面，找一條縫衣線。」泰瑞說。

「好吧，」我說：「但是要小心。裡面糾纏成一團亂。」

 Q 蛇最喜歡的科目是什麼？

「安迪，別擔心，」泰瑞說：「我會非常、非常小心……」

 Q 有個巫師男孩，每天晚上都會長鬍子。他是誰？

「救命啊，安迪！」泰瑞說：「我被纏住啦！」

「如果你聽我的話就好了。」我說：「我不是跟你說要小心嗎！」

「我聽了你的話，而且我也很小心。」泰瑞說：「不過我還是被纏住了嘛。」

「那別再掙扎了，」我說：「不然你只會愈陷愈深。不要亂動，我去拿緊急解纏槍。」

我抓起解纏槍，拉開保險栓，槍口瞄準泰瑞，然後扣下扳機。

A 毛利・波特。

Q 大海是什麼髮型？

解纏槍立即見效。

每一條糾纏不清的細線、繩子、纜繩、繩索和縫衣線都解開了——包括泰瑞的頭髮，他的頭髮全都變直，垂下來蓋住他的臉。

「我看不見啦！」泰瑞說：「我什麼都看不見啦！東西都到哪裡去了？」

「冷靜一點，」我說：「那只是你的頭髮。解纏槍讓你的鬈髮變直了。跟我一起去找巨型吹風機，你的頭髮就會立刻恢復原狀。」

A 大波浪。

 Q 什麼東西對禿頭多多益善？

「謝啦，安迪。」泰瑞說：「感覺好多了！」

「小事一件。」我說：「你拿到細線了嗎？」

「 細線？」泰瑞問：「什麼細線？」

「就是你到纏繞樓層要拿的那條細線！」我吼道。

A 頭髮。

「糟糕！」泰瑞說：「經過被纏住又解開之後，我就忘了。不過沒關係，我想廚房的抽屜裡應該有一些。」

「你知道廚房抽屜裡有線？那我們為什麼不一開始去廚房就好了？」

「我忘記了。」泰瑞說：「因為我今天頭髮不順，你知道的嘛。」

「可是你的頭髮不順，是發生在忘記細線之後的事啊。」我說。

「噢，對耶，」泰瑞說：「我連這點也忘了。」

我哀哀叫痛。

「可憐的安迪，」泰瑞說：「你一定很痛吧。」

「快去廚房吧。」我說。

到了廚房，泰瑞打開下面第三個抽屜，拉出一大坨線團。

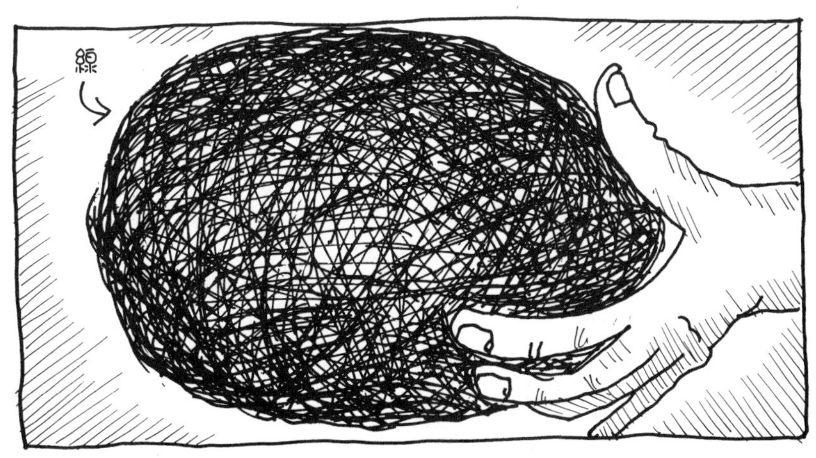

A 因為胡椒水太嗆了。

「安迪，嘴巴張大。」他說。

我打開嘴巴，泰瑞將線的一端綁在我的痛牙上……

然後將另一端綁在臥室門把上。

Q 想像你在一個房間，沒有門、沒有窗戶，什麼都沒有。你要怎麼出去？

「好了，」泰瑞說:「要開始囉。準備好了嗎？預備……碰！」

他「碰」一聲摔上門。

Q 門什麼時候不是「門」？

A 「開」或「關」都不是「門」。

Q 什麼東西可以讓你穿過牆壁？

「牙齒掉下來了嗎？」泰瑞問。

「沒有。」我說:「而且現在我不只牙齒痛，頭也很痛！今天真是糟透了！」

「不要這麼絕望，」泰瑞說：「我還有另一個辦法，不過我們需要幫忙。」

「最好不要又和門有關。」我說

「不會啦，」泰瑞說：「你的牙齒太硬了，要從你的嘴巴裡拔出來需要一場拔河。跟我到森林吧。」

五分鐘後，我們到了森林裡。泰瑞把我綁在樹幹上，召集一個聲勢浩大的拔河隊，包括郵差比爾、勺子手愛德華、大象鼻王，以及吉兒所有的動物。
哞！
嘶！

Q 為什麼科學家要在家門上裝敲門環？

A 因為想得 no-bell 獎（念起來很像「諾貝爾獎」）。

 Q 哪一種運動，後退的人獲勝，前進的人落敗？

A 拔河。

 Q 小孩拉扯狗的尾巴，狗對小孩說了什麼？

A 到此「尾」止。

「呃啊啊啊！」牙齒被扯出嘴巴的同時，我放聲尖叫。

 Q 哪一種鳥有「牙」？

突如其來的勝利，令拔河大隊措手不及，瞬間鬆開緊抓的線，全都往後摔成一團。我的牙齒向外飛去，後面還拖著線繩……

A 烏「鴉」。

被經過的鳥兒一口叼走！

「嘿！」我說：「那隻笨鳥叼走我的牙齒啦！」

Q 狗掉到海裡會變成什麼？

「那才不是笨鳥！」吉兒透過賞鳥雙筒望遠鏡盯著上空說道：「那是極罕見的『高空飛行山棲捕蟲鳥』。牠一定把線繩當成是蟲了。」

「如果牠連線繩和蟲都分不清，牠就是大笨鳥。」我說。

「我們一定要搶回安迪的牙齒。」泰瑞說：「那是要給牙仙的！」

A 海狗。

「噢，天啊……」吉兒仍舊拿著望遠鏡觀看，一邊讚嘆。她說：「我想很難，因為這隻鳥正飛往牠的巢——高高築在靠近聖母峰頂、覆滿白雪的陡峭岩壁上。」

「那我們只好爬上去，然後搶回牙齒囉，對吧？」我說。

「我們沒辦法爬聖母峰啊！」泰瑞說：「太冷太高，而且太困難了。還會花太多時間！」

「我的意思不是我們要去爬聖母峰。」我說：「我們可以走樓梯。『走不完的樓梯』離鳥巢不遠。我們可以爬樓梯，跳到鳥巢，然後拿回牙齒——很簡單吧！」

A　吃晚起的蟲。

「我們還等什麼？」泰瑞說：「走吧！」

「我也一起去。」吉兒說：「我一直好想近距離觀察高空飛行山棲捕蟲鳥！」

第７章

走不完的樓梯

我們前往走不完的樓梯，開始爬。我們一路往上爬，往上再往上……

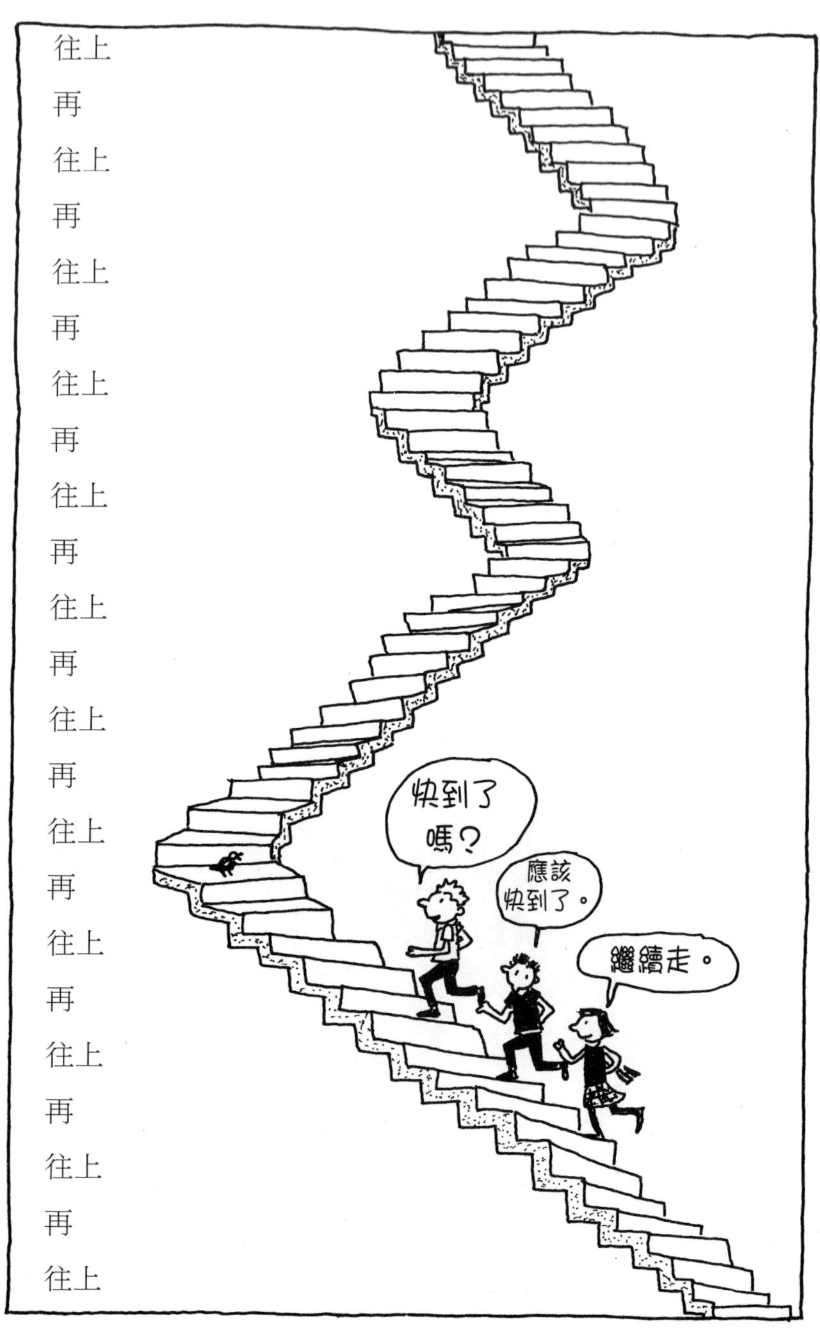

往上
再
往上
再
往上
再
往上
再
往上
再
往上
再
往上
再
往上
再
往上
再
往上
再
往上
再
往上
快到了嗎？
應該快到了。
繼續走。

Q 有個一層樓高的房子，所有東西都是紅色的。

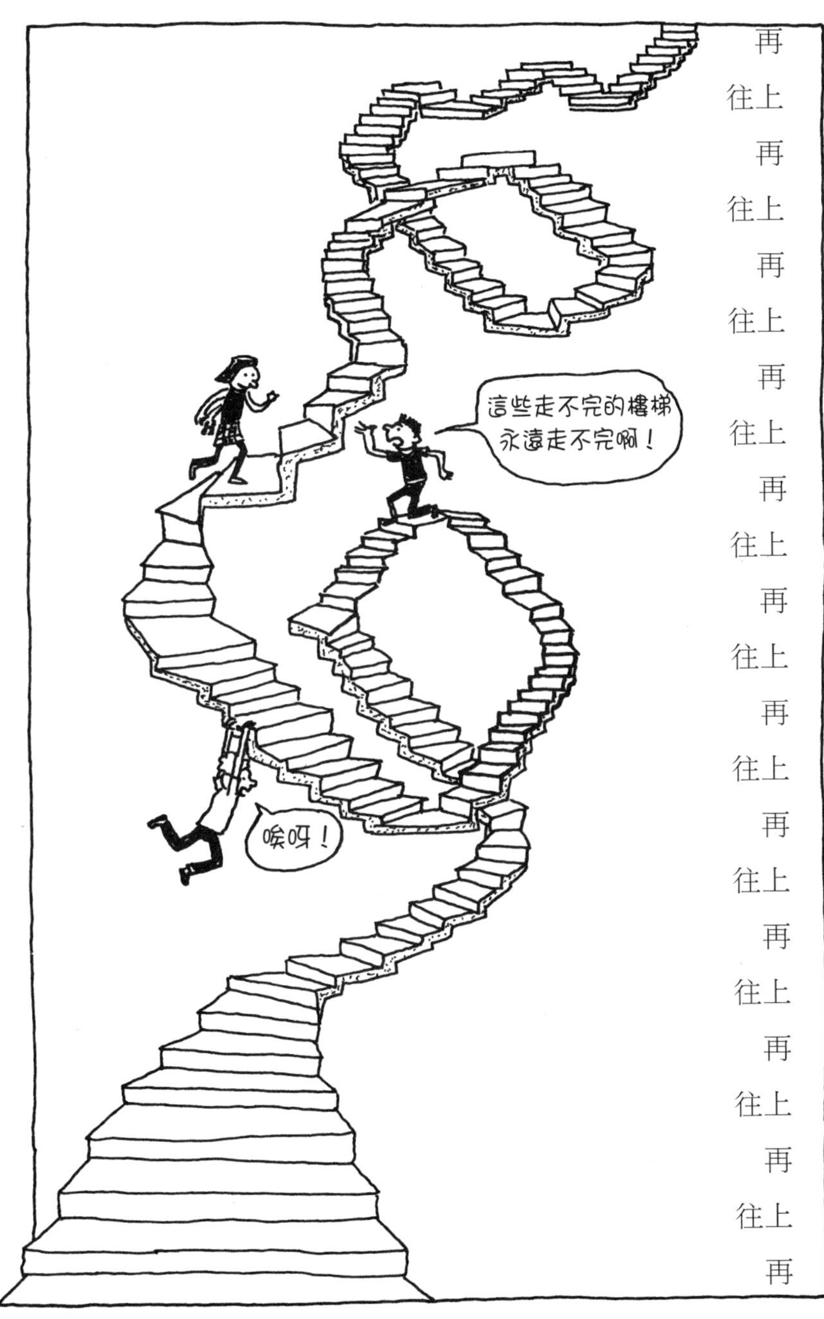

Q 天花板是紅的，地板是紅的，牆是紅的……

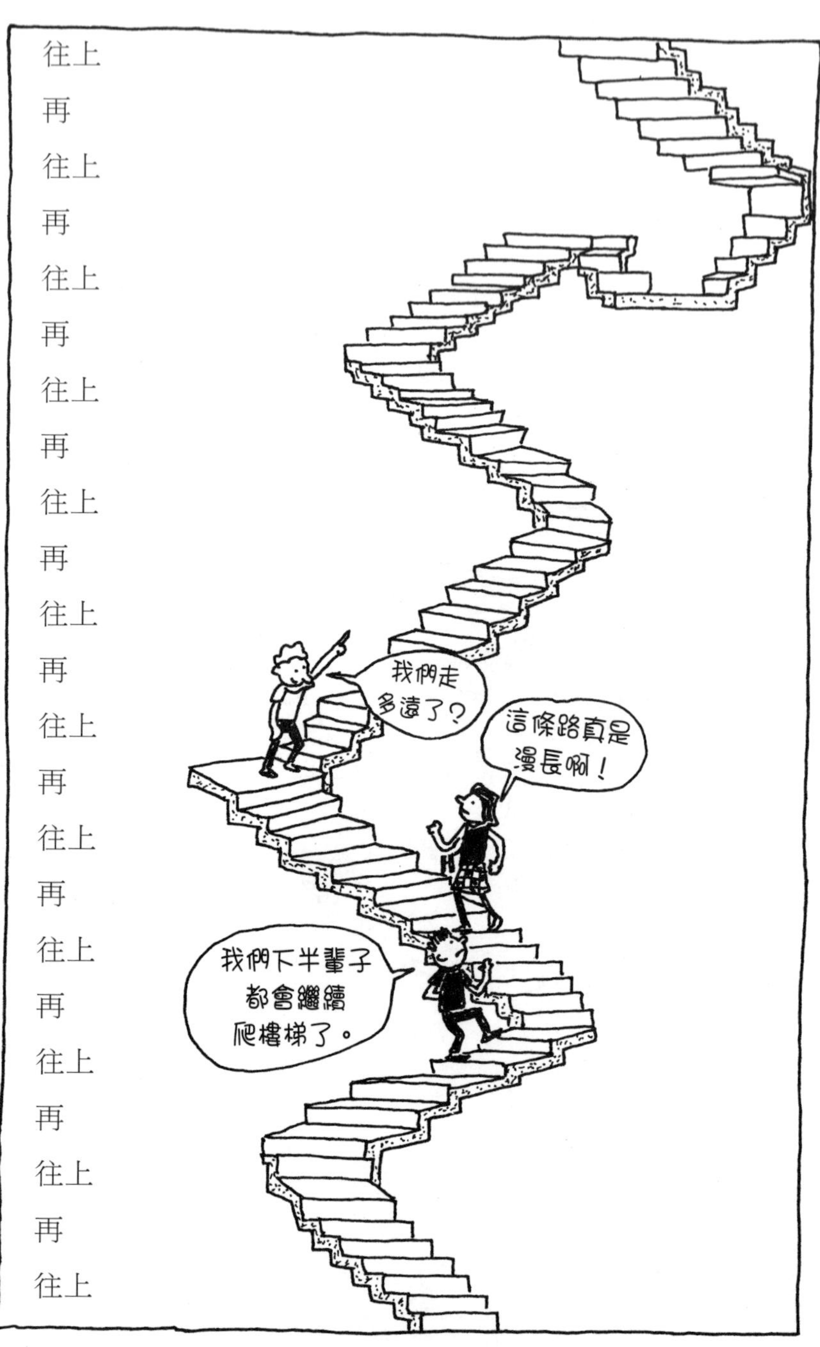

Q 沙發是紅的，廚房是紅的，廚房餐桌也是紅的，

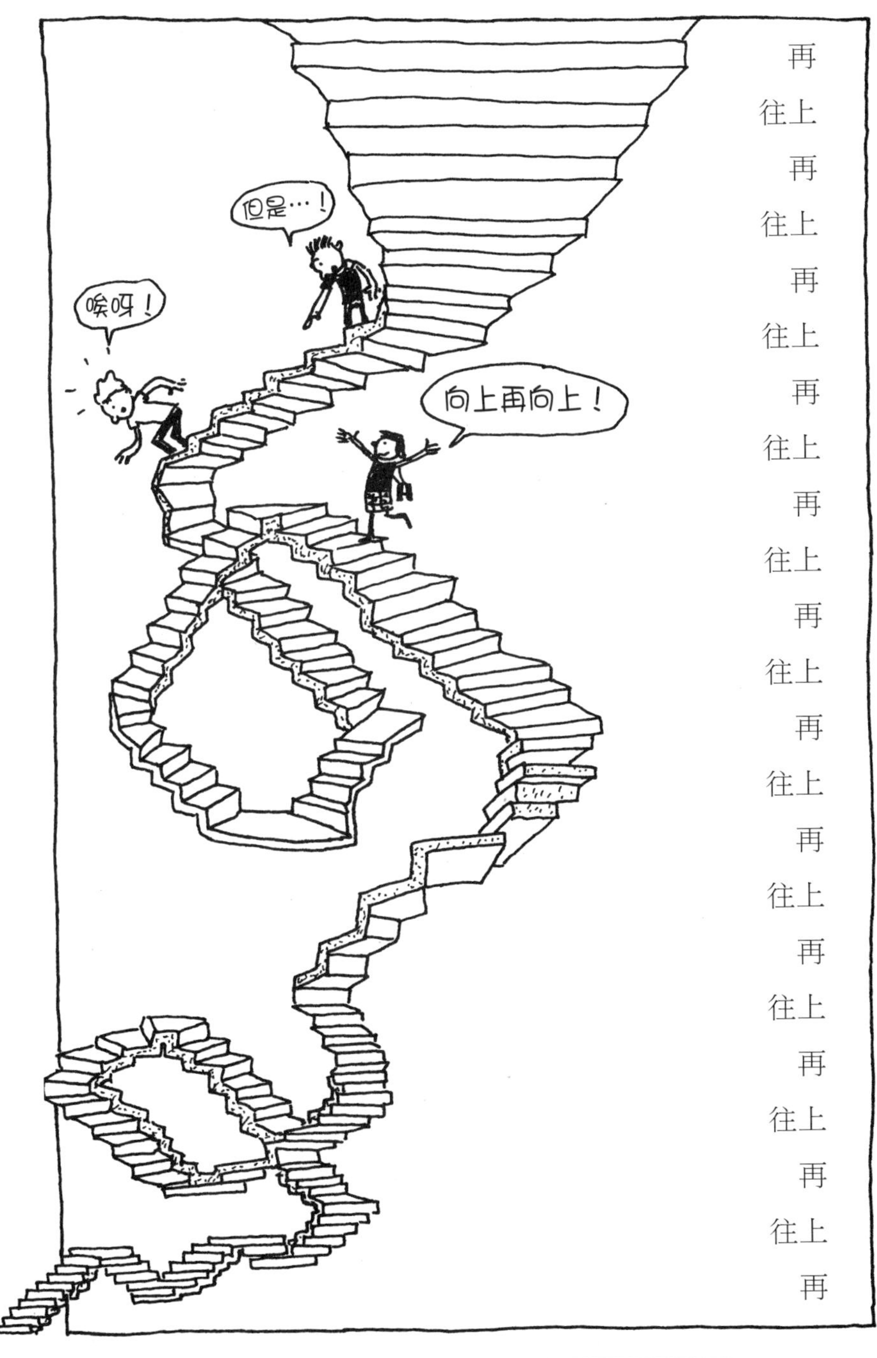
再往上再往上再往上再往上再往上再往上再往上再往上再往上再往上再往上再
但是…！
唉呀！
向上再向上！

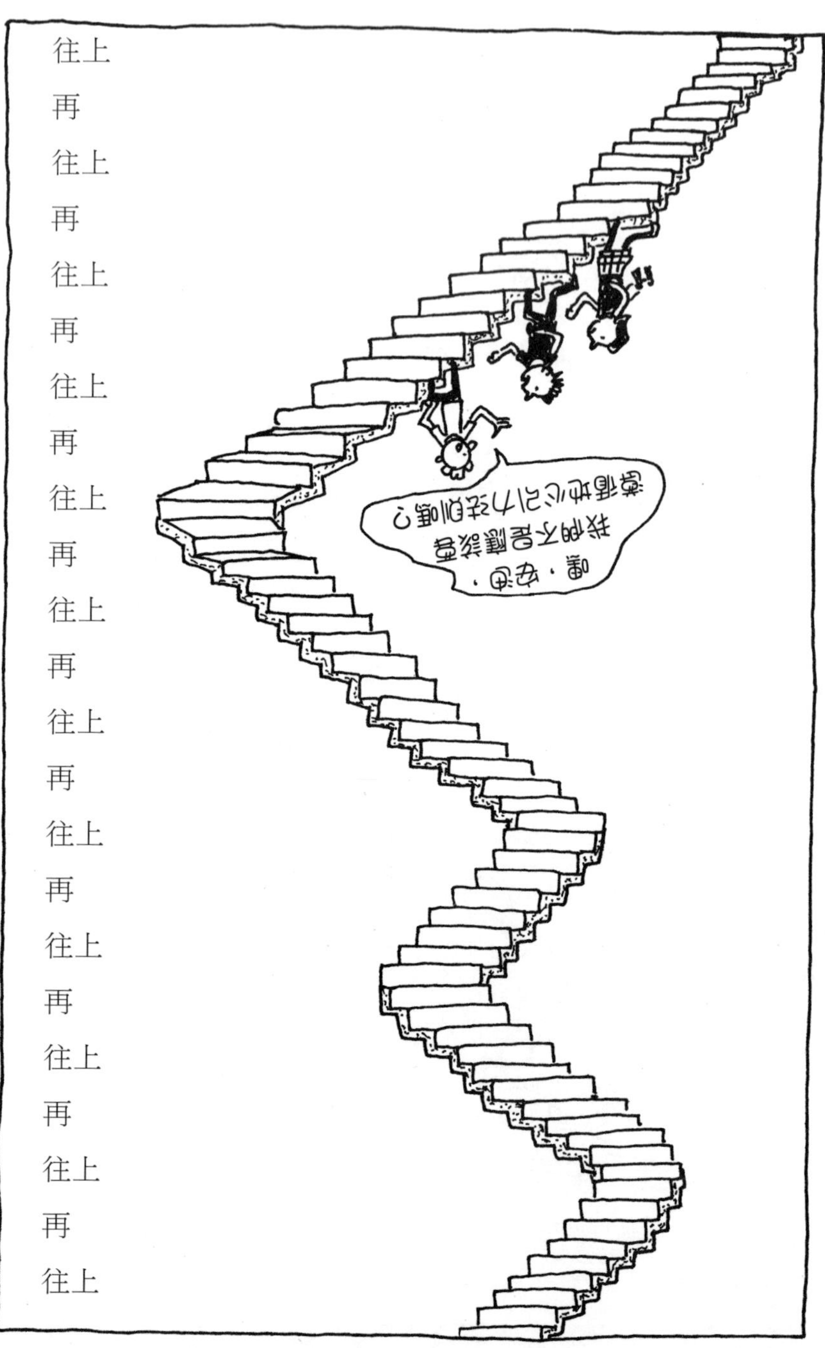

Q 食物是紅的，牆上的月曆是紅的，

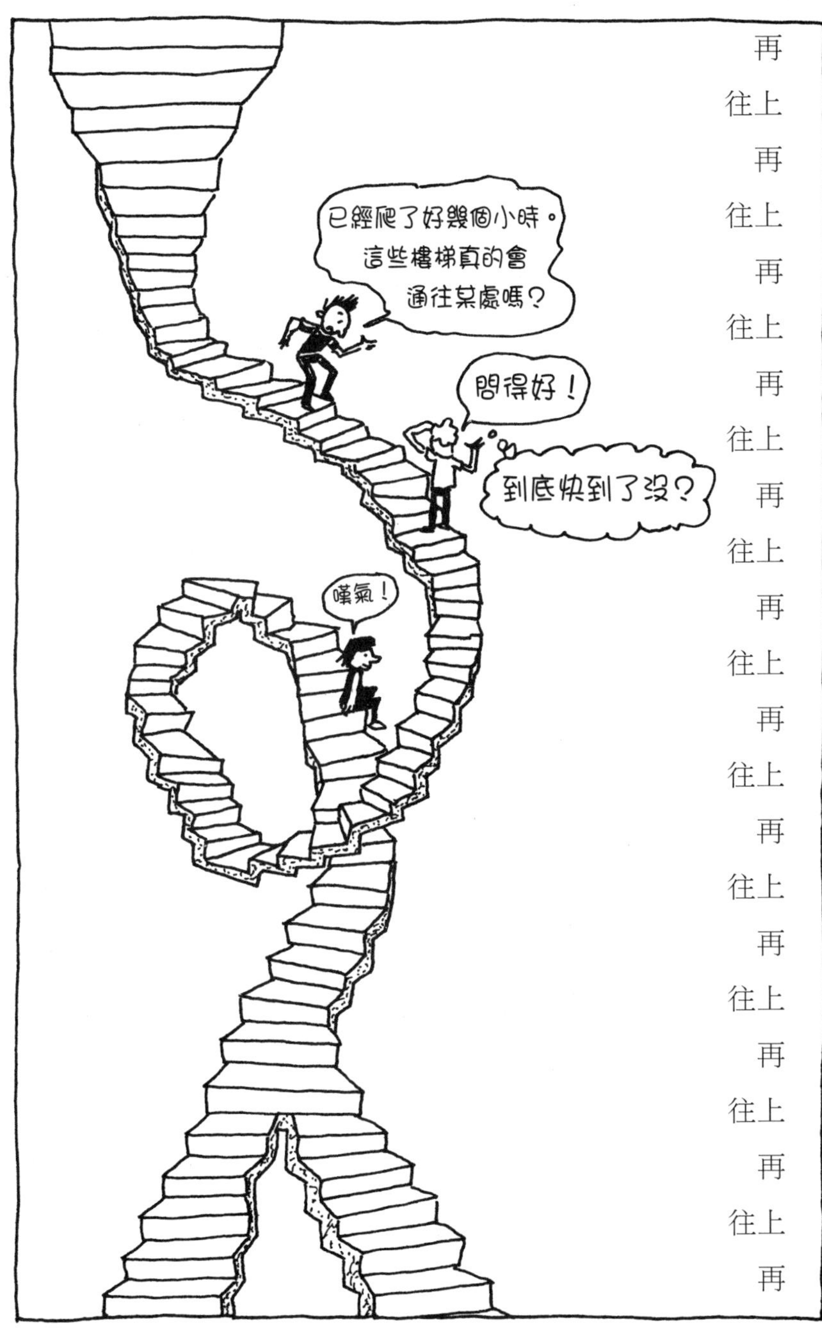
再
往上
再
往上
再
往上
再
往上
再
往上
再
往上
再
往上
再
往上
再
往上
再
往上
再
往上
再
已經爬了好幾個小時。
這些樓梯真的會
通往某處嗎？
問得好！
到底快到了沒？
嘆氣！

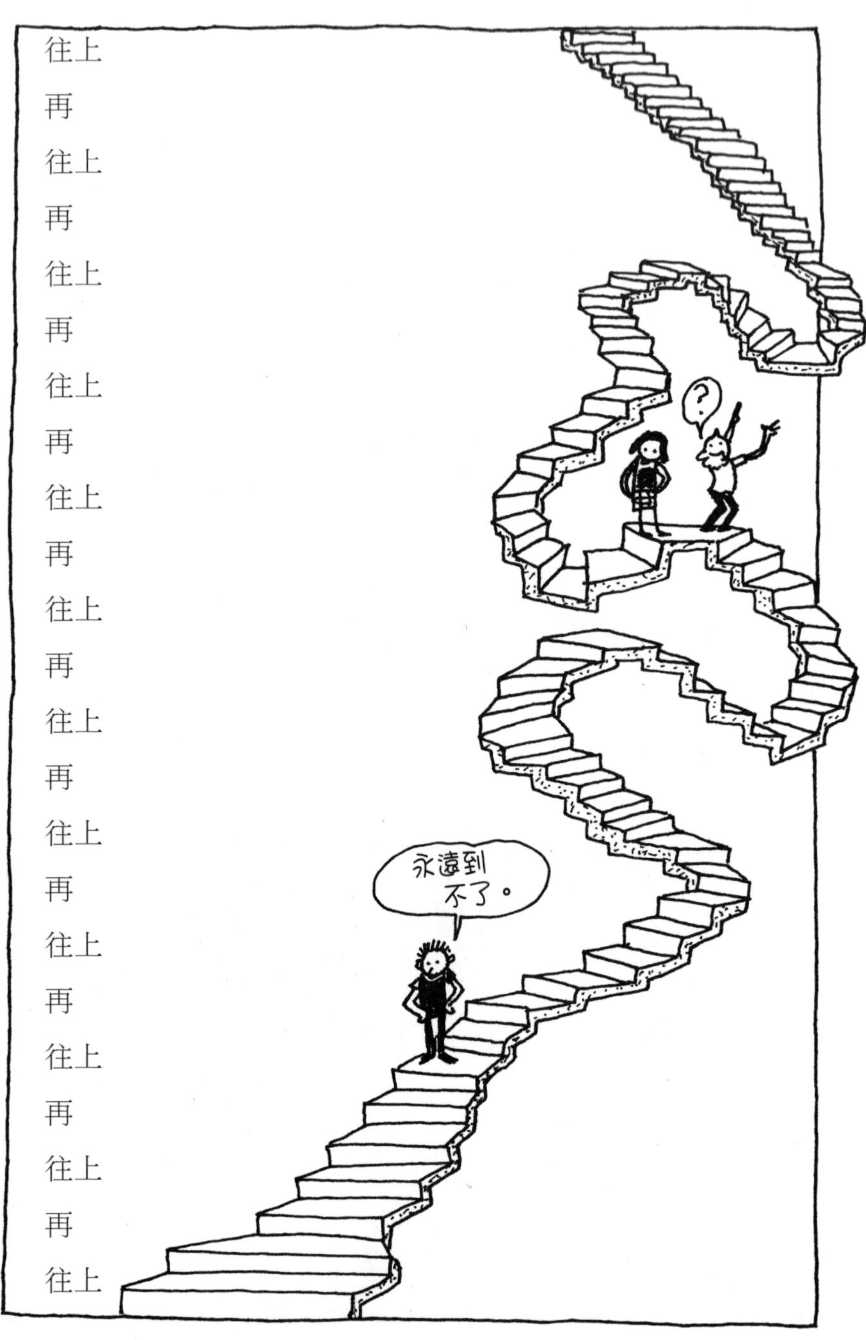

Q 刀子是紅的，叉子是紅的，湯匙是紅的，

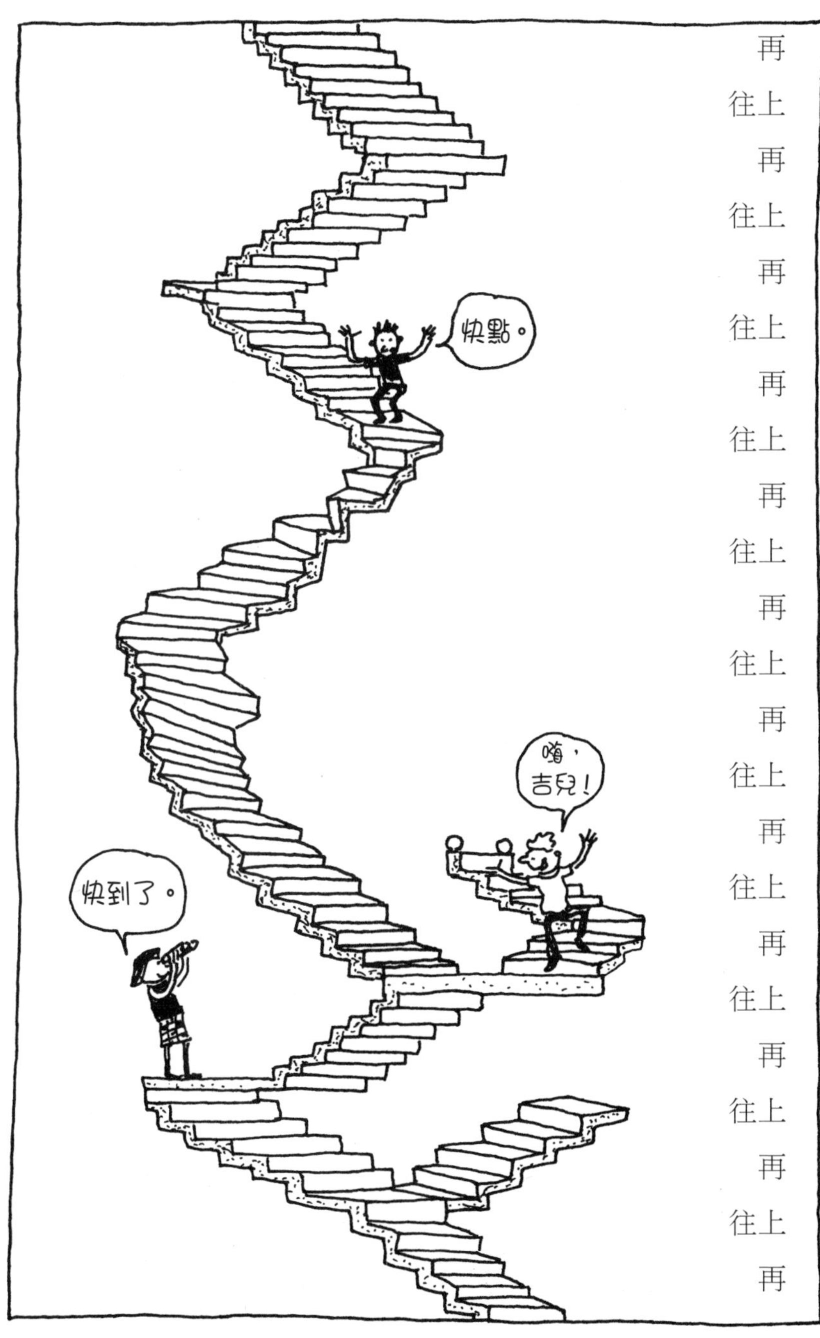
再往上再往上再往上再往上再往上再往上再往上再往上再往上再往上再往上再
快點。
嗨，吉兒！
快到了。

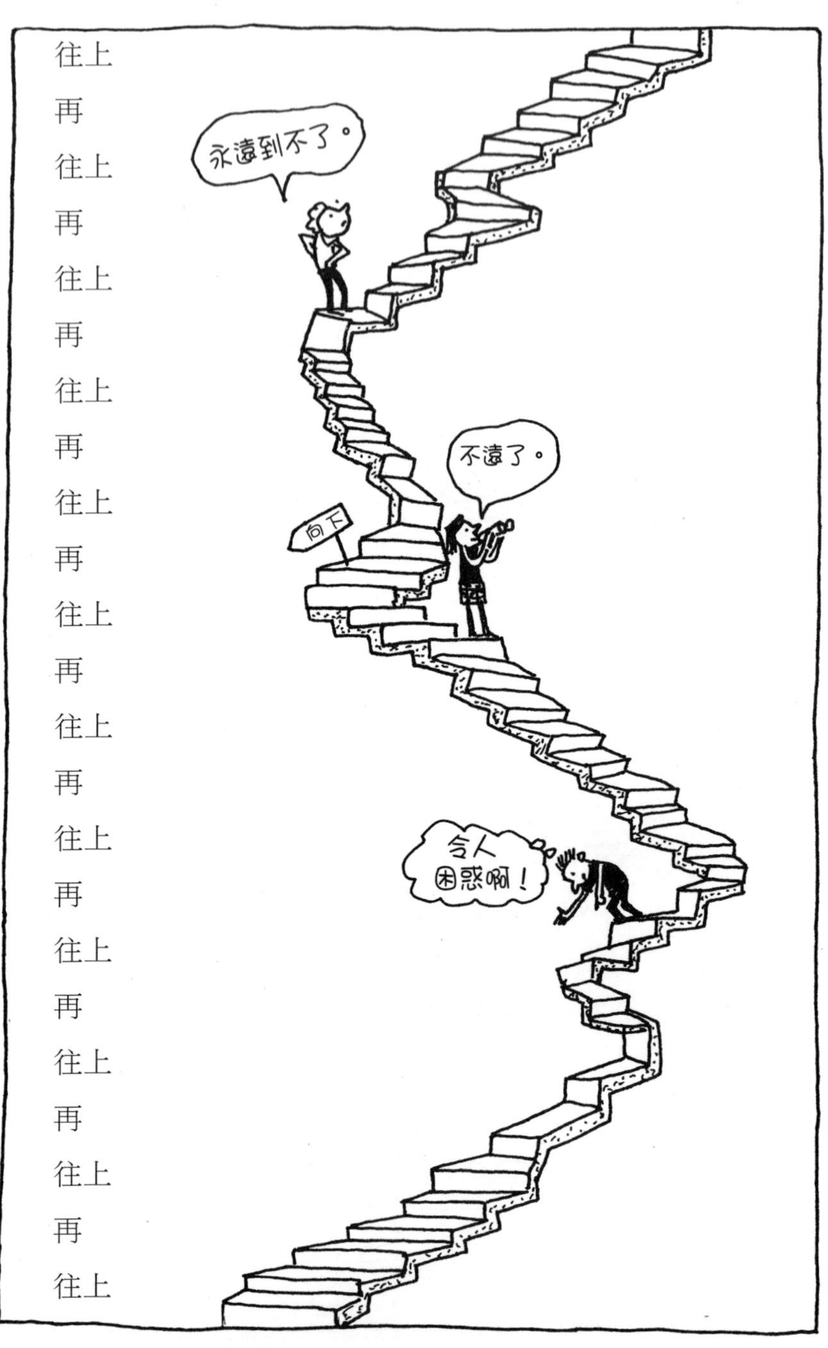

Q 衣服是紅的——信不信由你，連狗都是紅色的，

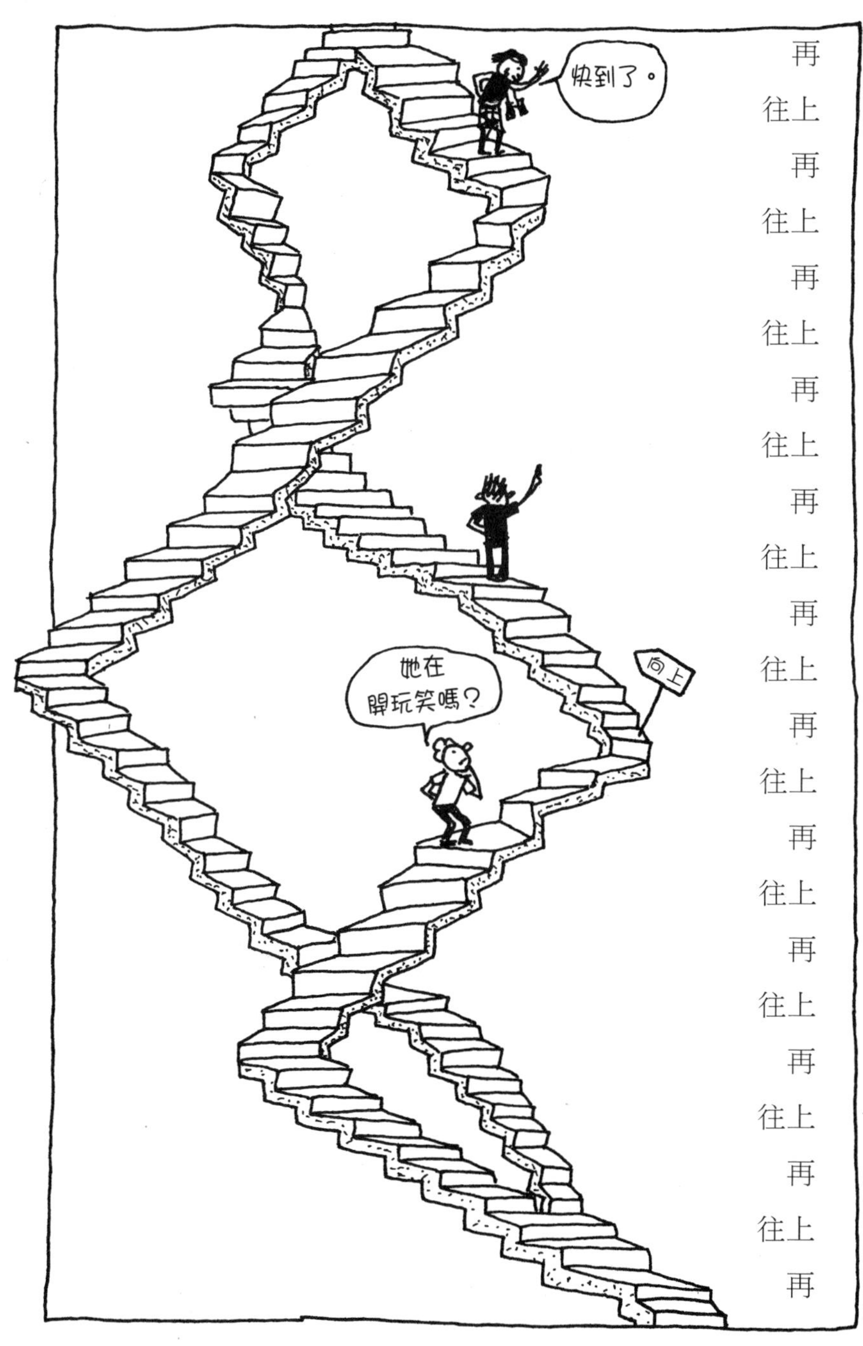

Q 地毯是紅的，地板是紅的，燈……

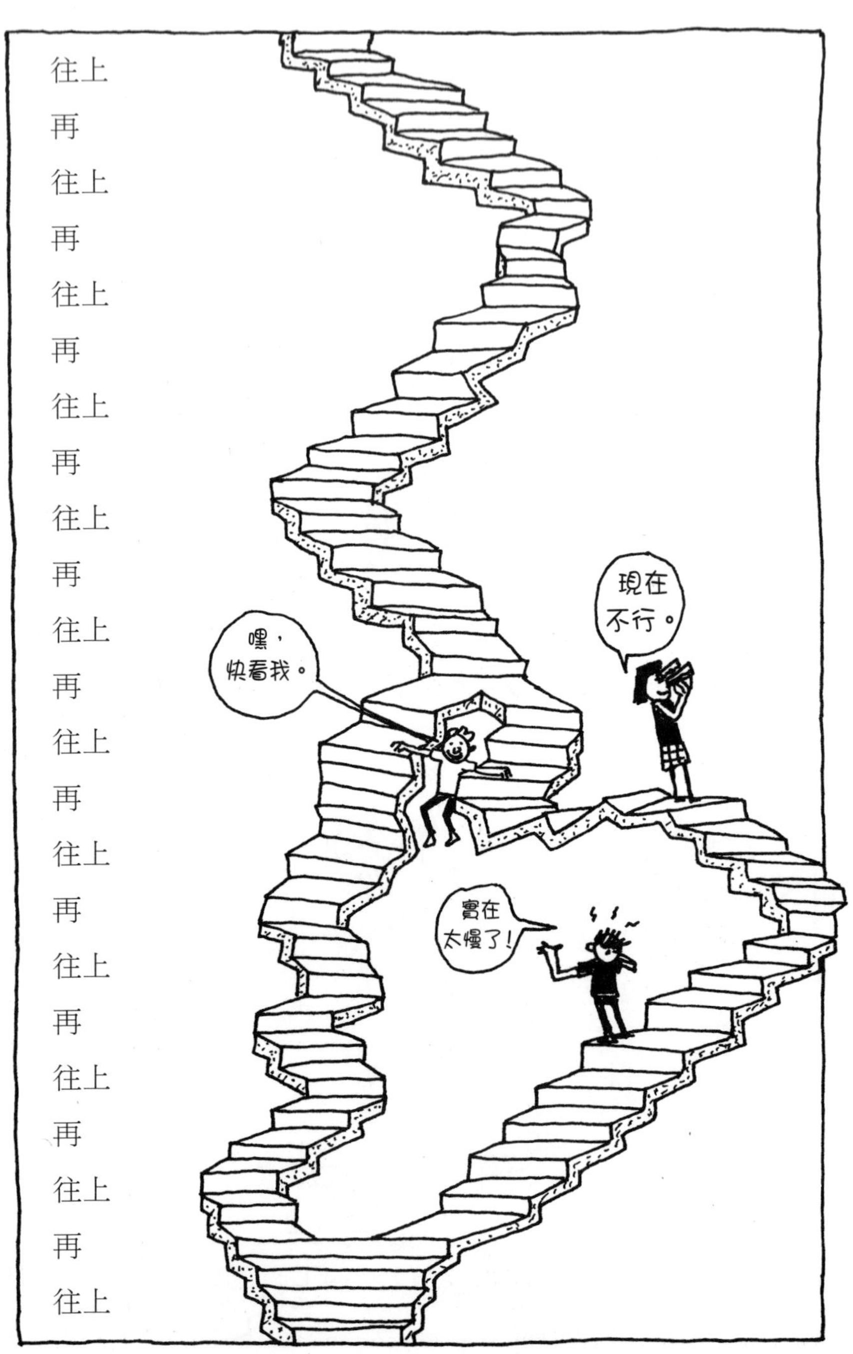

Q 是紅的，電視是紅的，連電視節目

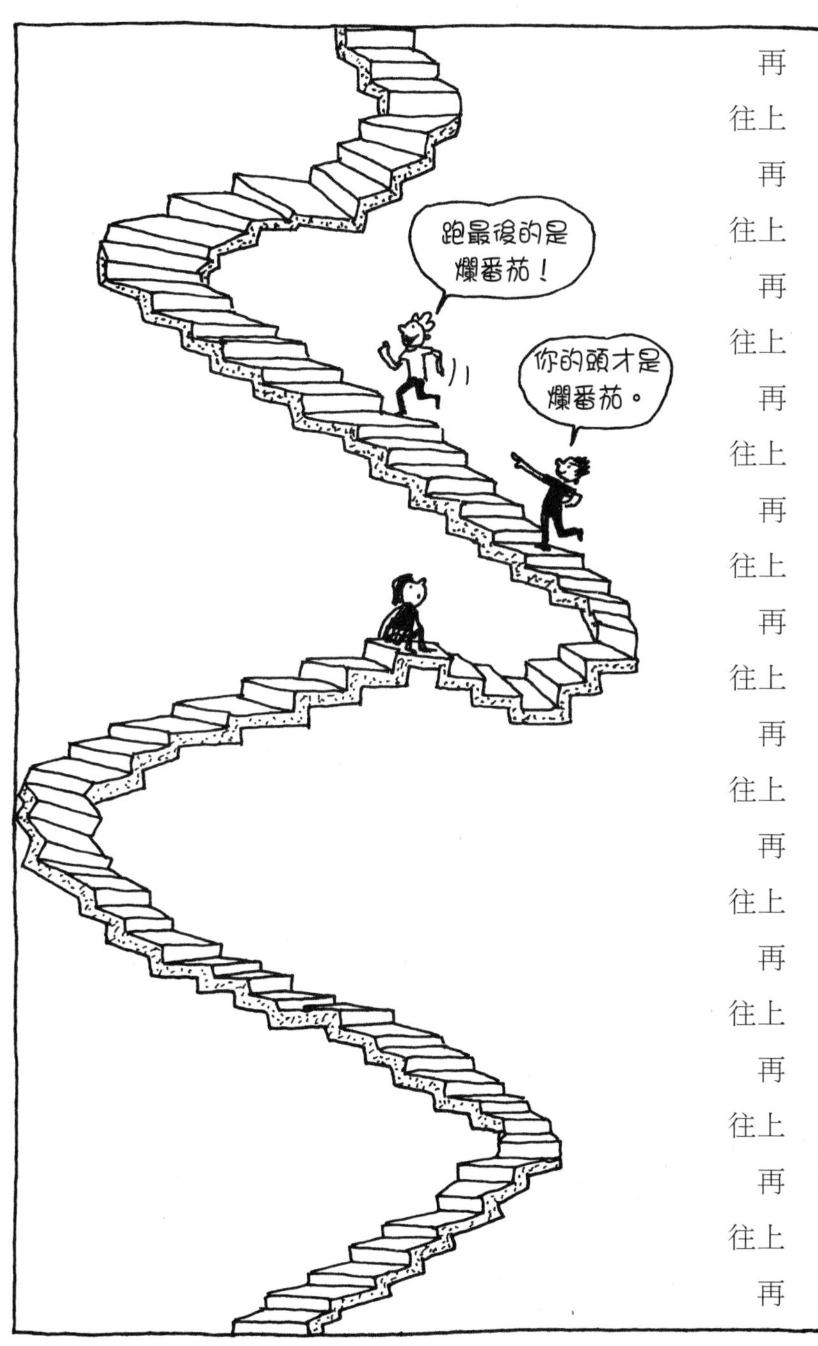
再
往上
再
往上
再
往上
再
往上
再
往上
再
往上
再
往上
再
往上
再
往上
再
往上
再
跑最後的是
爛番茄！
你的頭才是
爛番茄。

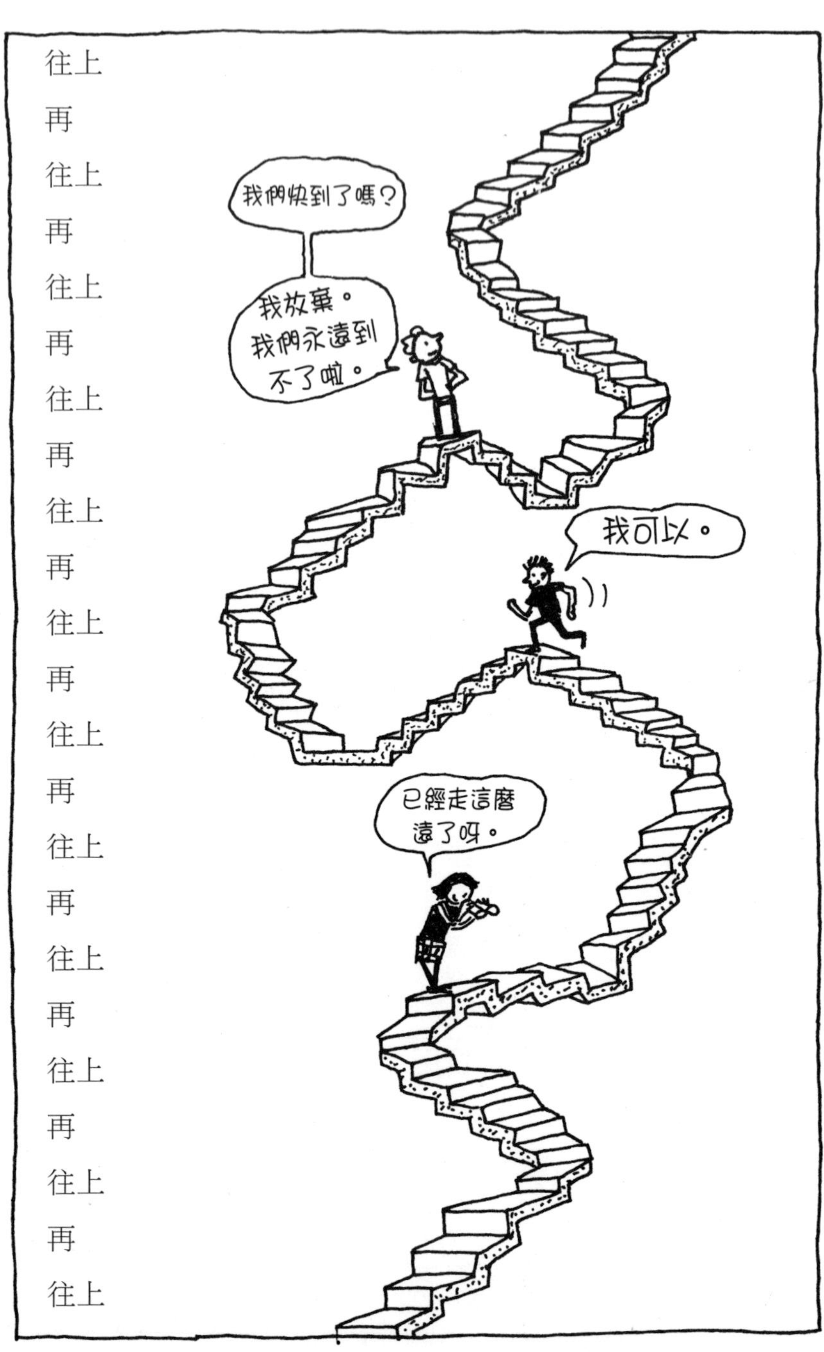

 Q 紅的，馬桶裡的水是紅的，馬桶刷是紅的，鏡子

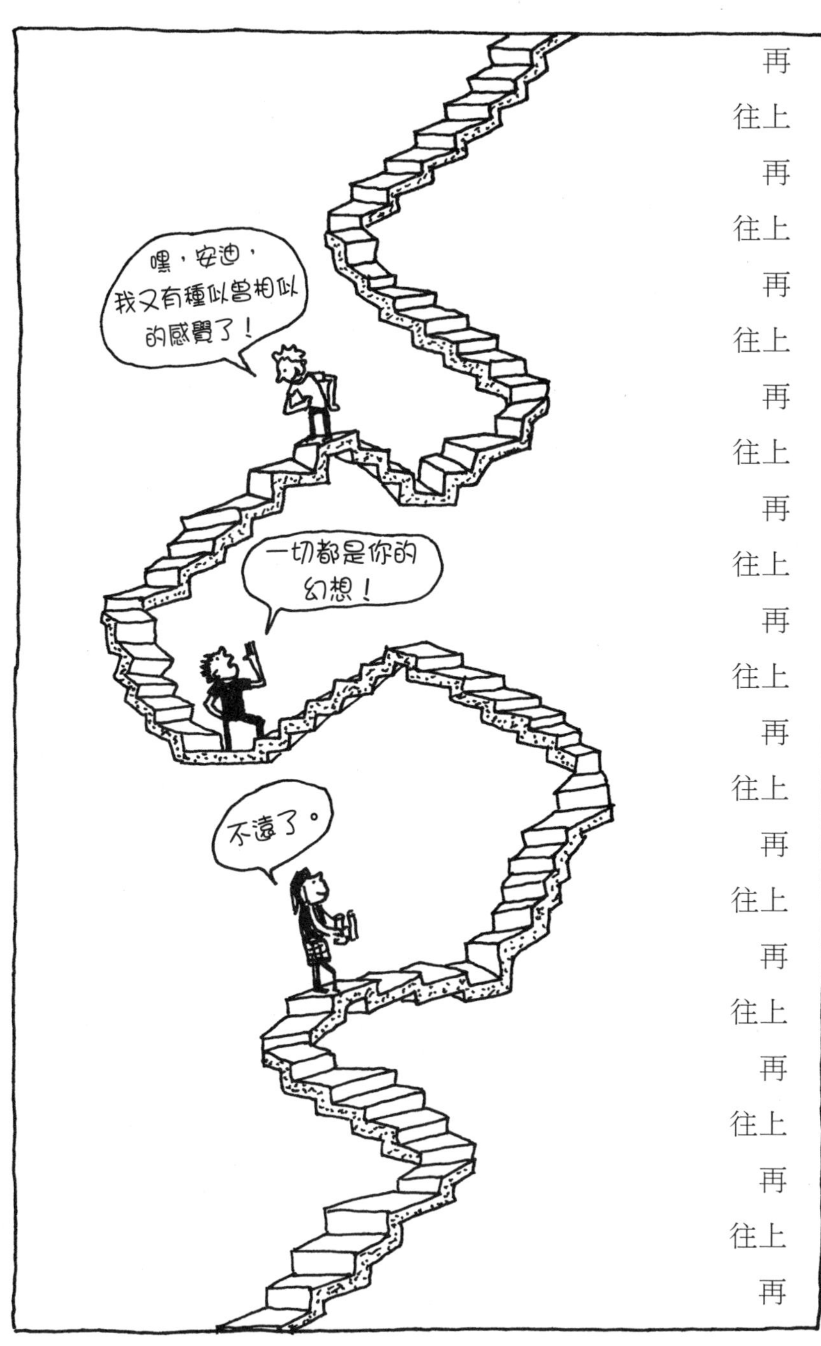

Q 是紅的，洗臉盆是紅的，水龍頭是紅的……

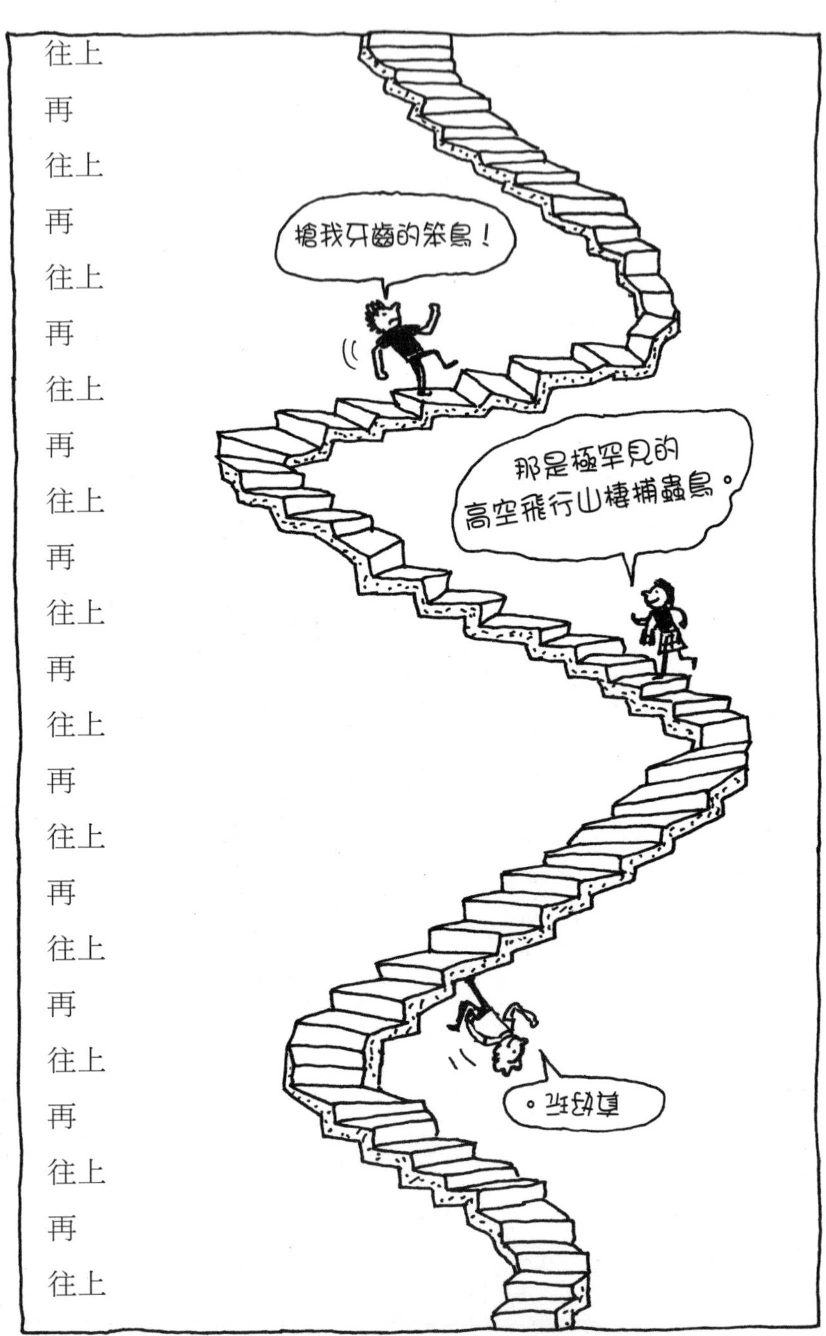

Q 牙刷是紅的，牙膏是紅的，浴缸是紅的，

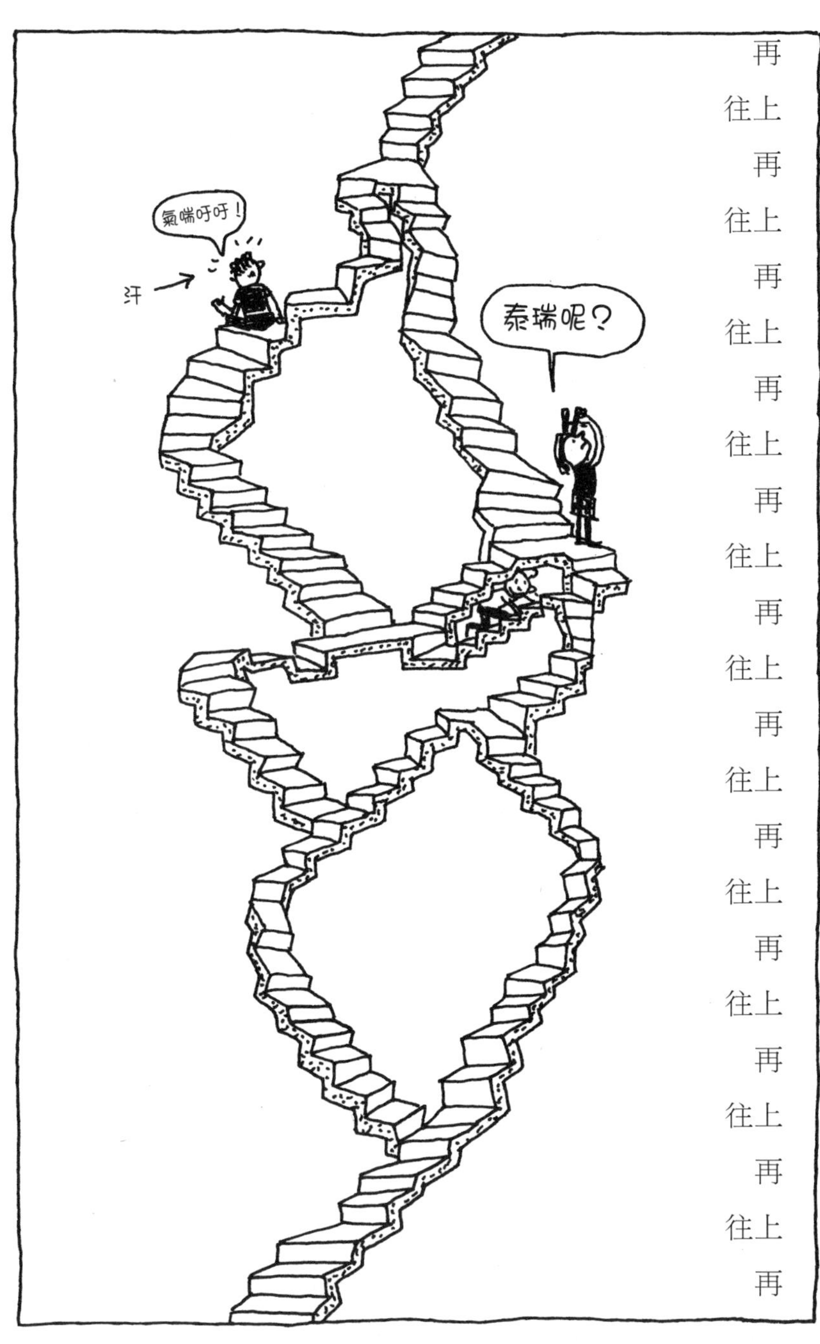

Q 浴室踏腳墊是紅的，肥皂是紅的……

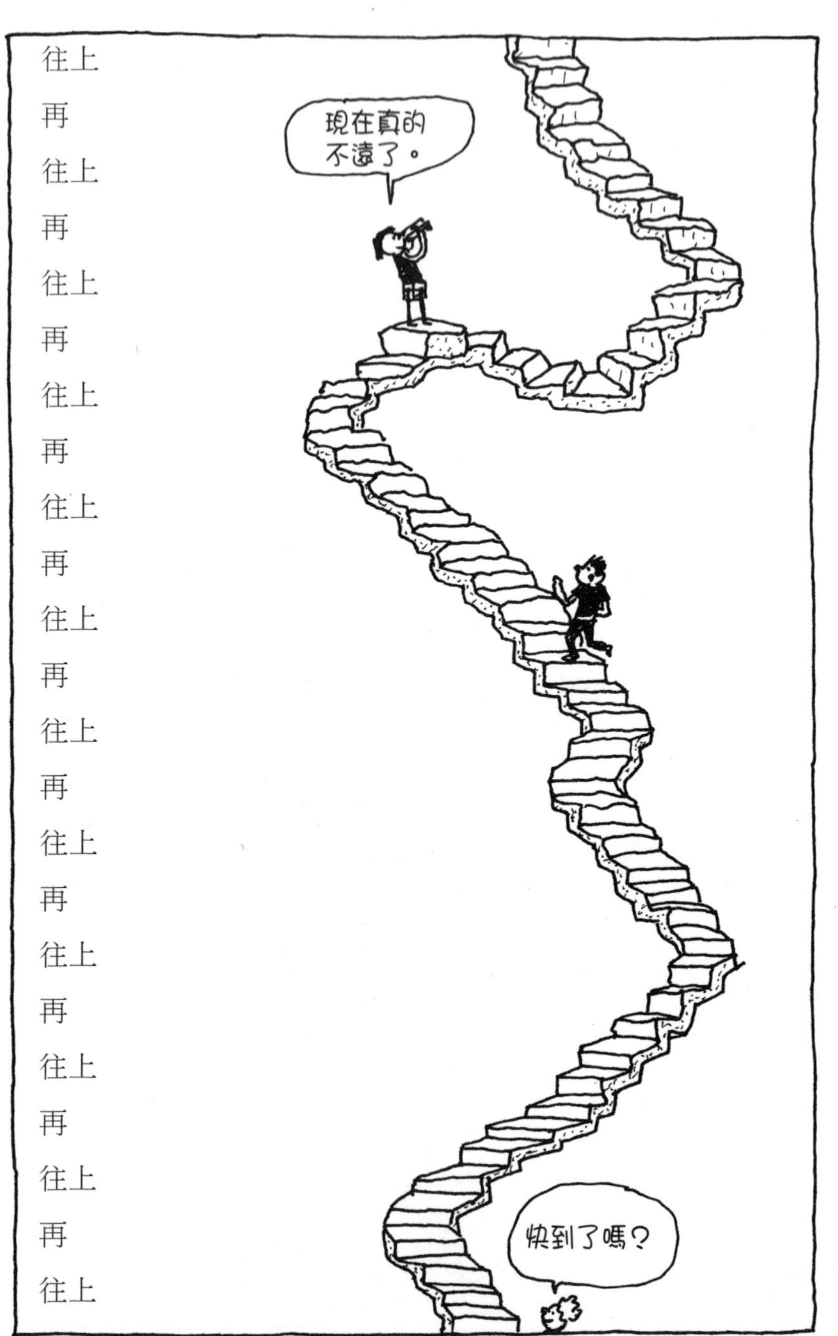

 Q 走廊是紅的，空氣是紅的，書架是紅的，

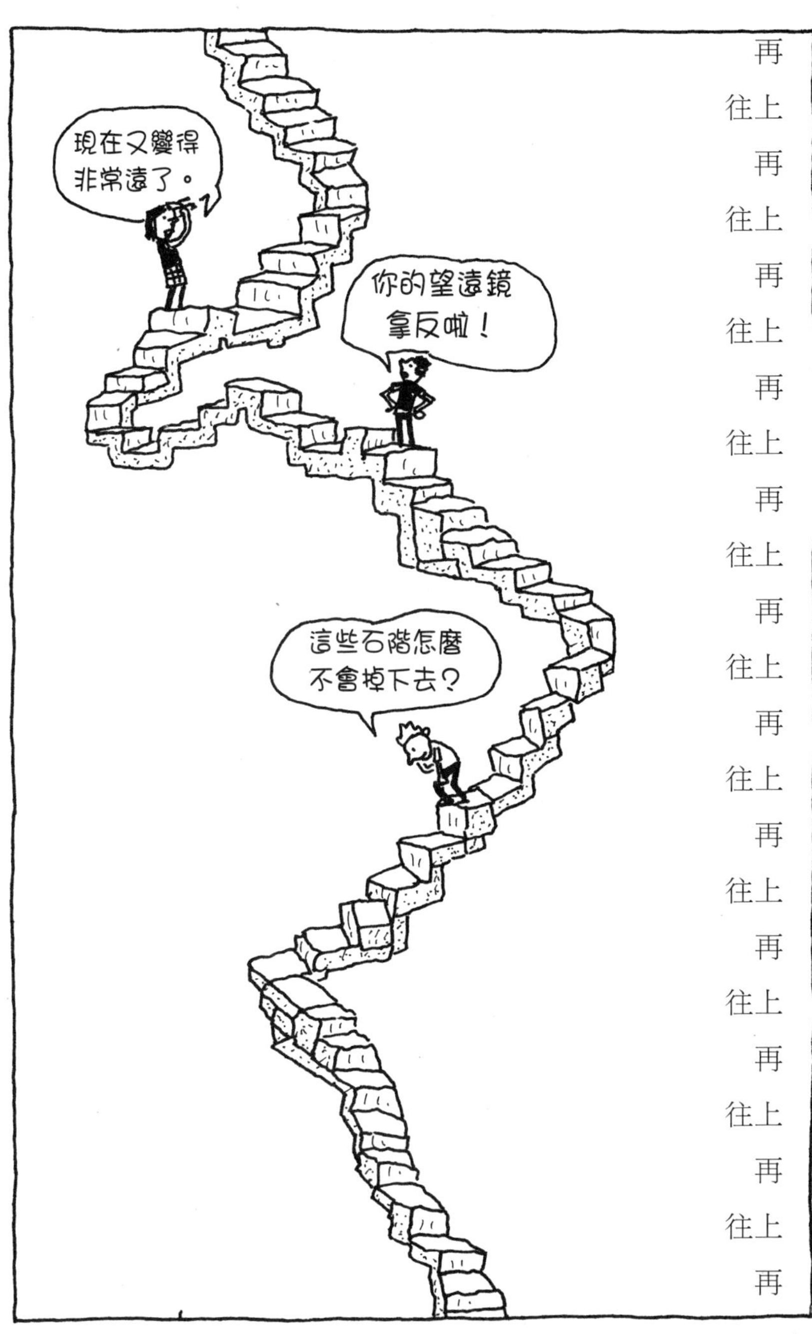

Q 書架上的書是紅的，書的……

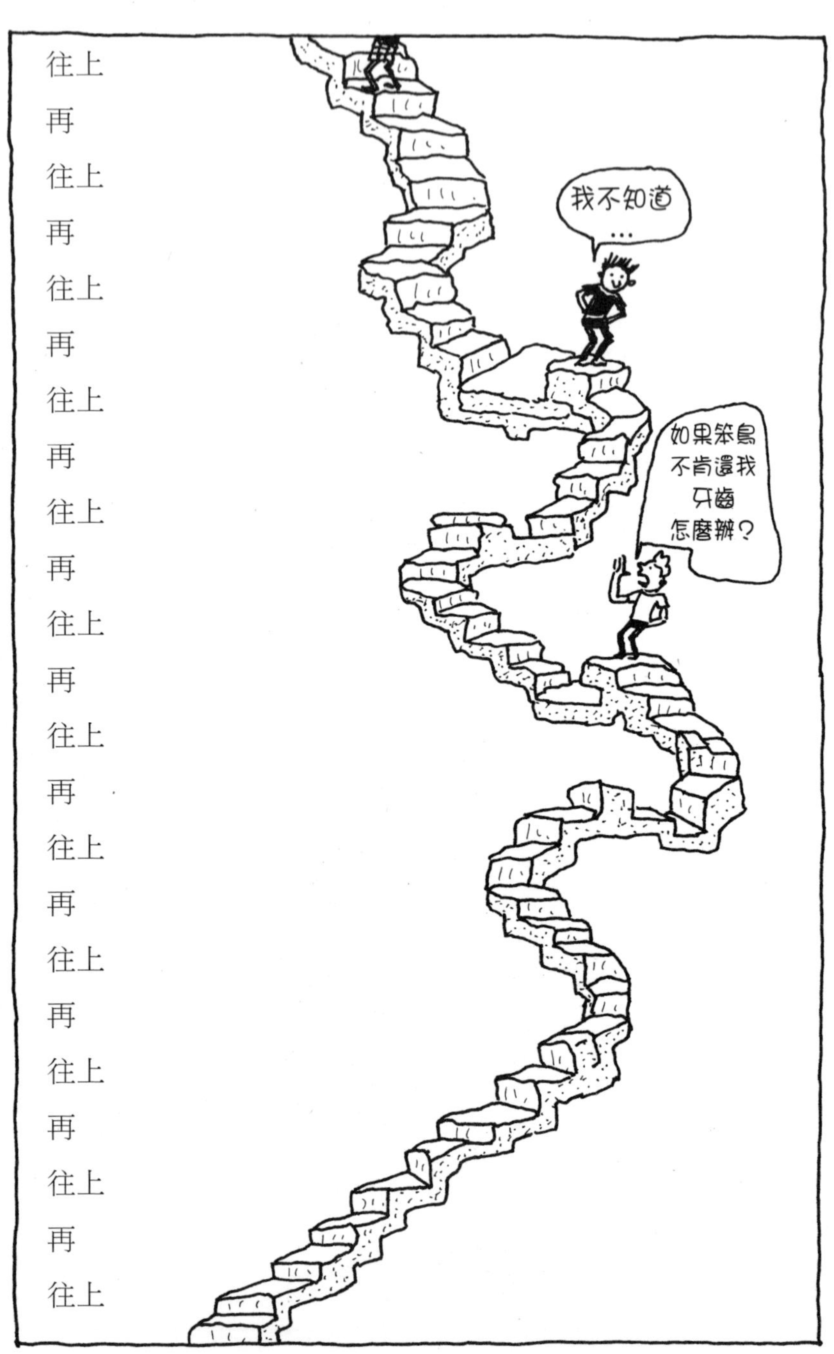

 Q 每一頁都是紅的，字母是紅的，文字是紅的，

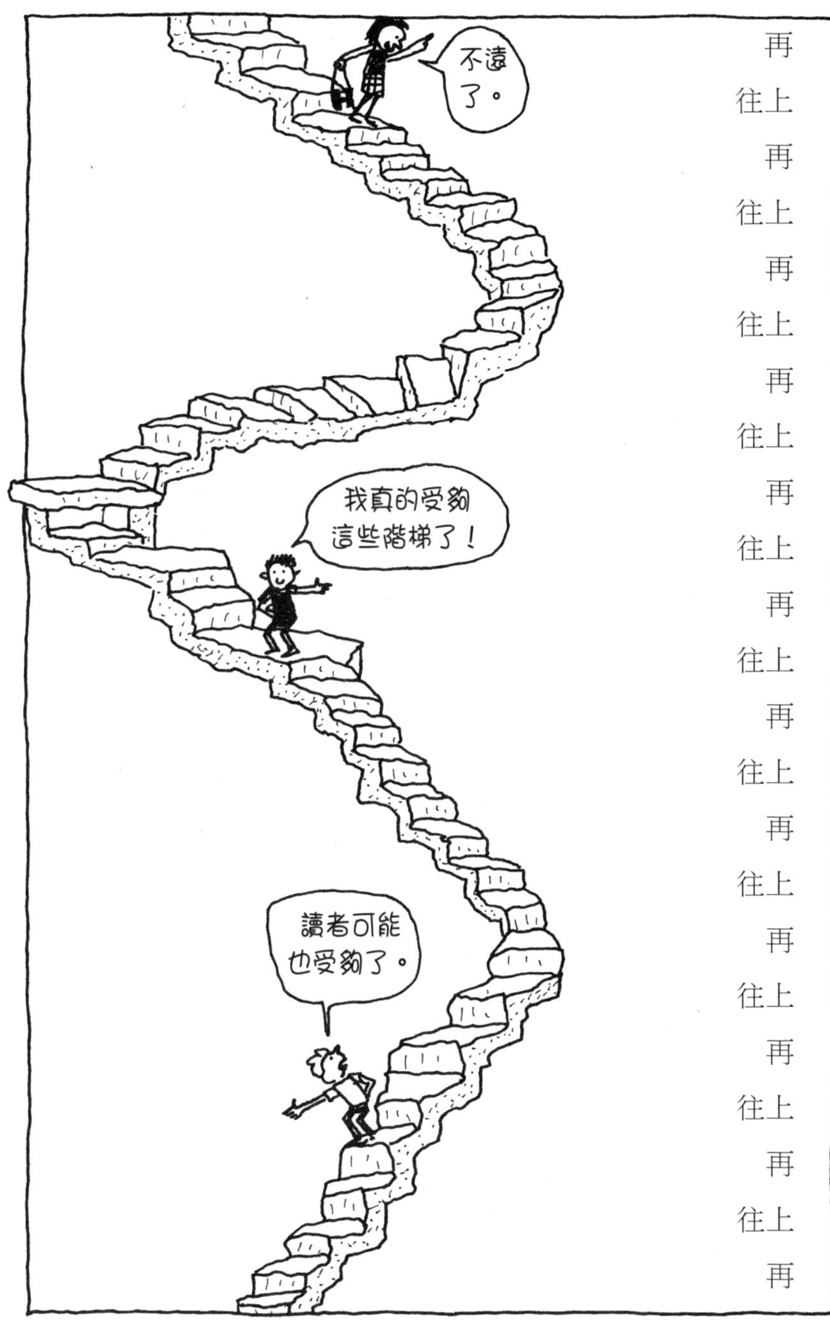
不遠了。
我真的受夠這些階梯了！
讀者可能也受夠了。
再
往上
再
往上
再
往上
再
往上
再
往上
再
往上
再
往上
再
往上
再
往上
再
往上
再
往上
再

Q 標點符號是紅的，書籤……

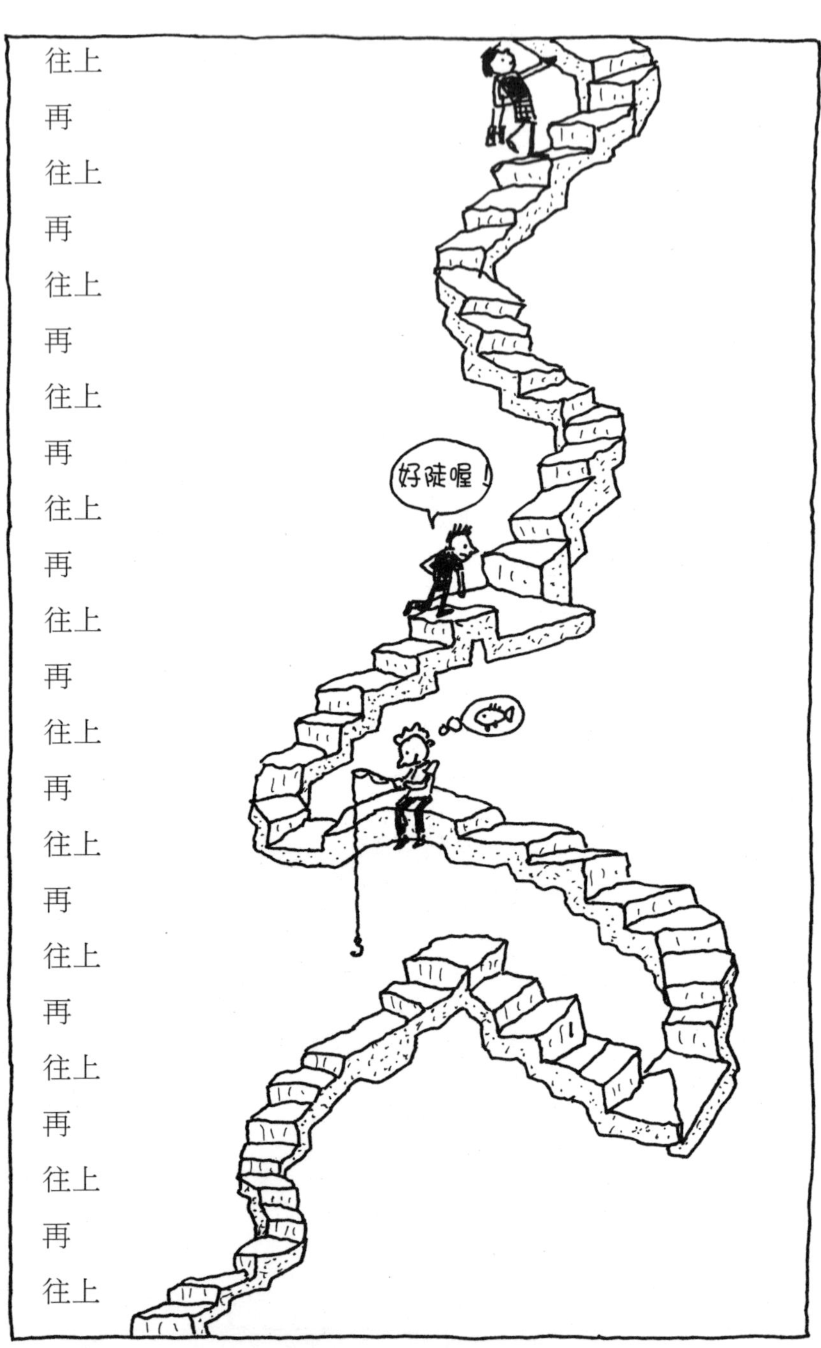

Q 是紅的，窗簾是紅的，餐桌是紅的，

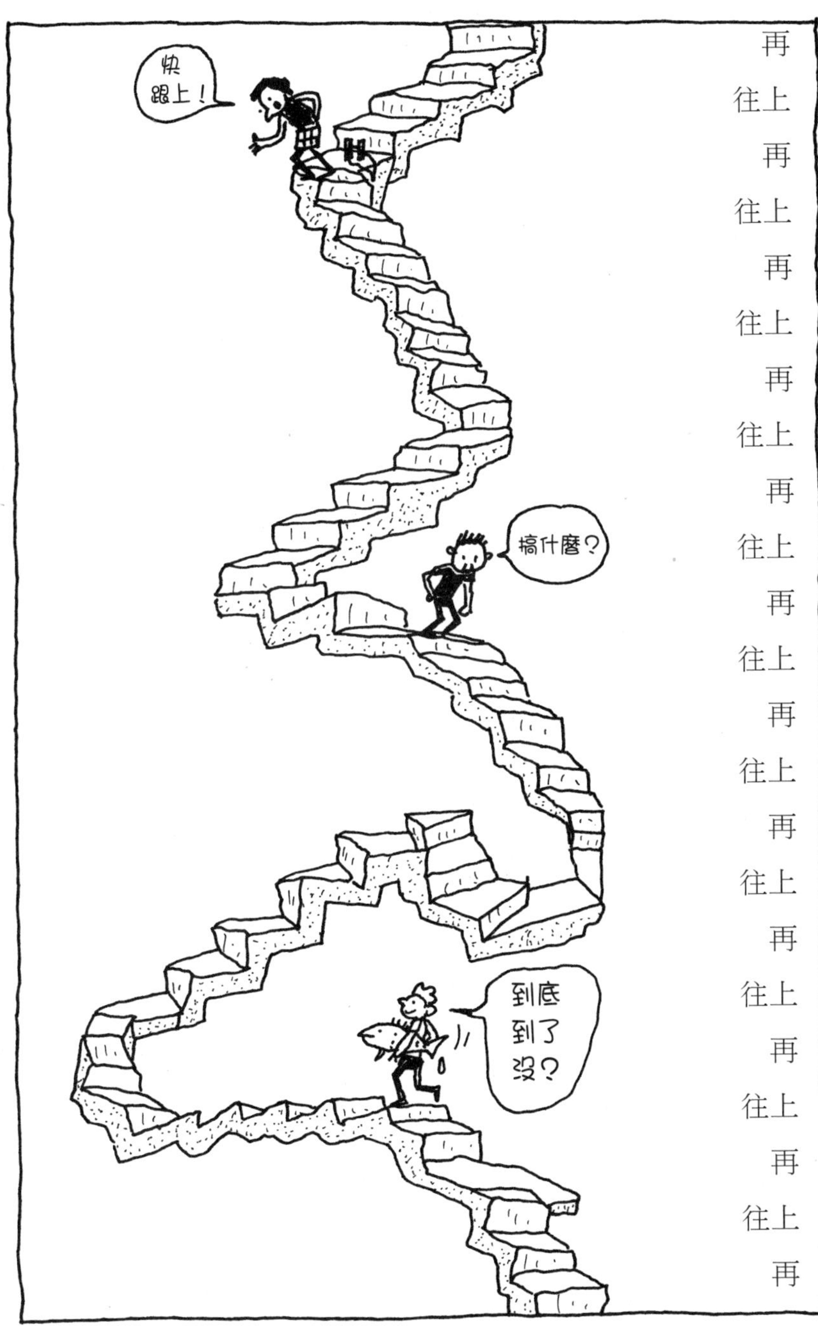

快跟上！
搞什麼？
到底到了沒？
再往上再往上再往上再往上再往上再往上再往上再往上再往上再往上再往上再

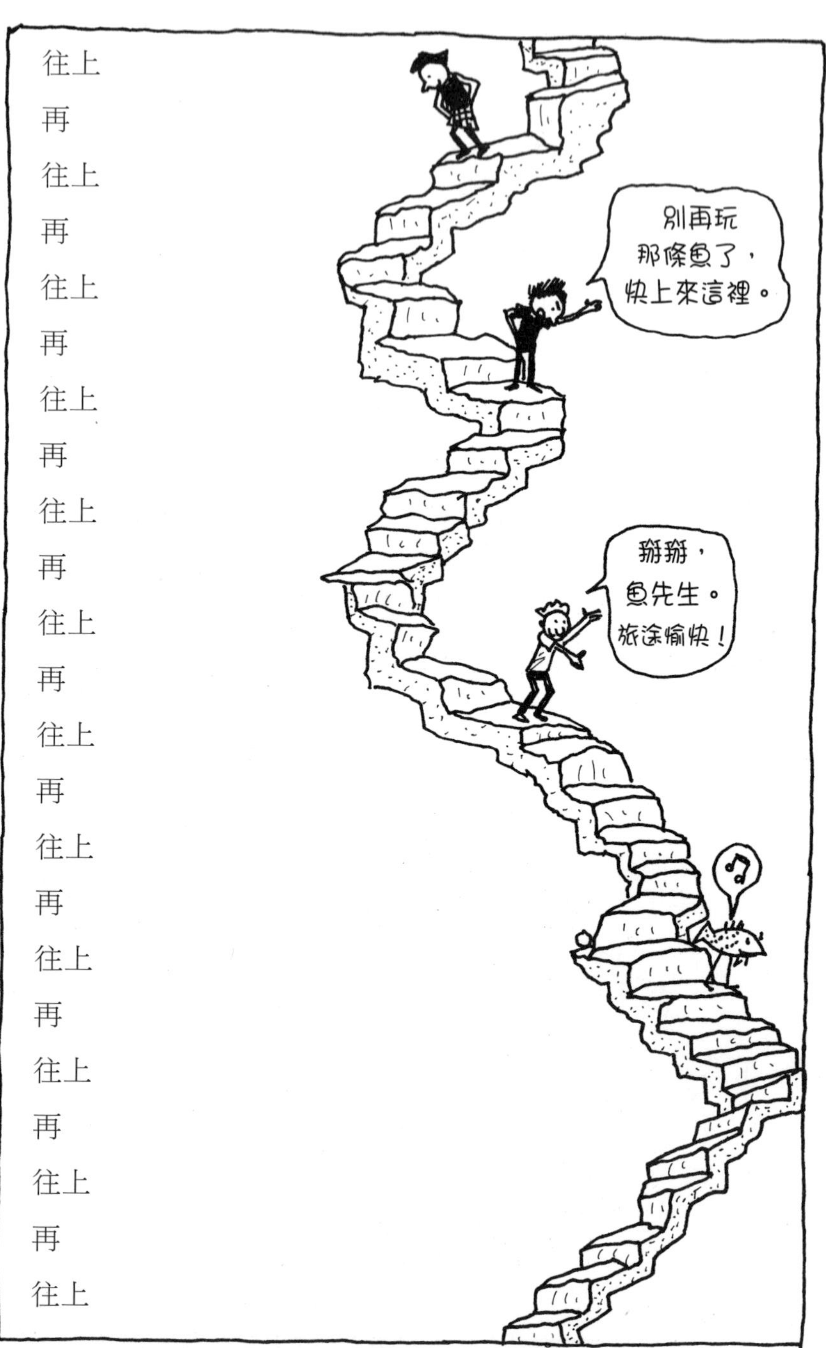

 Q 也是紅的，貓也是紅的，金絲雀也是紅的，

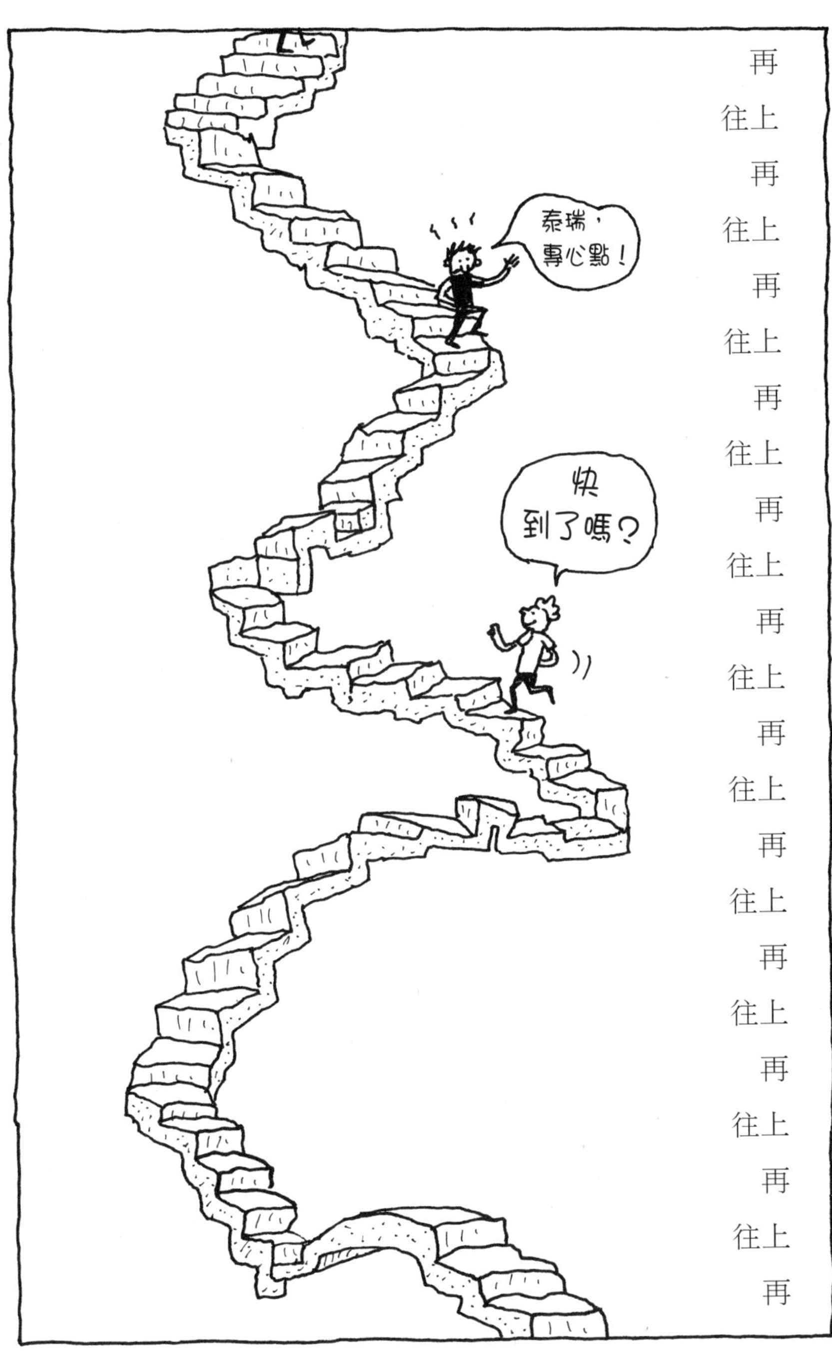
泰瑞，
專心點！
快
到了嗎？
再
往上
再
往上
再
往上
再
往上
再
往上
再
往上
再
往上
再
往上
再
往上
再
往上
再
往上
再
往上
再

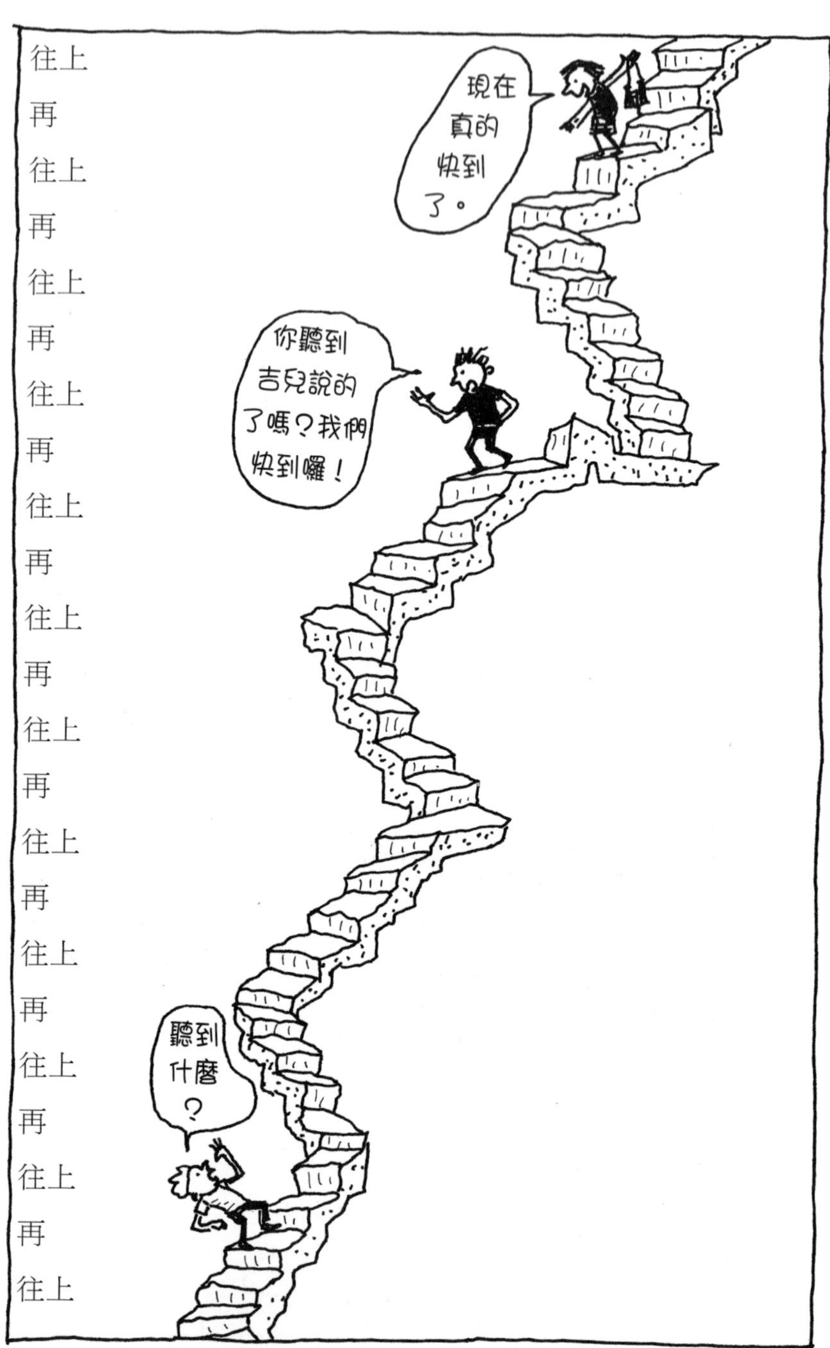

 Q 也是紅的。請問樓梯是什麼顏色？

第8章

勇闖聖母峰

「到了沒有？」泰瑞（大概第五千萬次）問道。

「快了。」我說：「再幾階就到了。」

「看，」吉兒說：「鳥巢在那裡！」

「看到我的牙齒了嗎？」我問。

「沒有，」吉兒回答：「只有一窩我見過最可愛的小鳥寶寶！」

A　沒有樓梯，都說了那間房子只有一層啊！

我們又往上爬了幾階，直到抵達鳥巢的正對面。但是樓梯和鳥巢之間有一道廣闊的山口，而且距離地面有如高掛雲端。

「我們要怎麼到對面？」泰瑞說：「距離太遠，跳不過去的。」

「我知道，」我說：「從森林往上看的時候，看起來沒這麼遠啊。」

「泰瑞，你的救生充氣內褲呢？」吉兒說：「我們可以坐在裡面『咻』一聲飛過去。」

「我現在沒有穿耶。」他說：「那件內褲上有破洞，因為我們在上一本書裡用內褲航行到無人島。不過我現在正戴著我的救生充氣耳朵。」

A　腳痠（酸）了，因為踩到檸檬。

「開玩笑的吧？」我說：「救生充氣耳朵？這真是繼忍者蝸牛學院之後，你想出來最愚蠢的東西。」

「是啦，不過忍者蝸牛還是救了我們啊。」泰瑞說：「我的救生充氣耳朵也會的。看好囉！」

他深吸一口氣，非常專注，然後……

他的耳朵充氣膨脹成原本的一千倍大！

「看吧！」他說：「我早就說過了！」

「你配上大耳朵看起來好可愛喔。」吉兒說：「呆呆的好像小飛象！」

「對啦，看起來是很呆。」我說：「但是有什麼用處？」

「這個嘛，」泰瑞說：「它們可以上下拍動，非常適合從……例如走不完的樓梯飛到……例如鳥巢。爬上我的耳朵，我現在就帶著你們飛過去。大家都準備好了嗎？耳要出發囉！」

泰瑞從階梯上起飛，用最快的速度不斷拍動他的耳朵。

泰瑞變成飛耳機之日。

A 冰箱門關不起來的時候。

「客機準備降落。」泰瑞說：「請確認托盤桌已收起關好，座椅椅背恢復直立。感謝您搭乘泰瑞大耳航空。」

「哪來的托盤桌？」我說：「哪來的座椅？我只能坐在這坨噁心的耳屎上！」

「嘿！」泰瑞反駁：「我聽見了！」

泰瑞重重跌在鳥巢裡，吉兒和我被摔出他的耳朵。

我們立刻被一整窩吵鬧的鳥寶寶包圍，全都拚命啄我們。

A 因為燙衣板放不下大象。

面對鳥寶寶們的尖銳鳥喙，泰瑞的救生充氣耳朵毫無勝算。

「嘿，這些鳥寶寶戳破我的耳朵啦！」泰瑞說。

「對啊，牠們好愛啄人。」吉兒說。

「我最討厭愛啄人的鳥了。」我說：「趕快找找我的牙齒，盡快離開這裡吧。」

「必須暫時把找牙放一邊了。」吉兒說：「鳥媽媽來啦！」

「咿啊！」我大叫：「牠的鳥嘴看起來比鳥寶寶的嘴更尖更利。而且更大啊！」

「吉兒，妳能和牠談談嗎？」泰瑞說。

「在牠的巢裡就不行。」吉兒說：「牠在我問問題之前就會啄死我們。捕蟲鳥對雛鳥的保護欲非常強烈。快躲起來！」

「可是這裡無處可躲啊！」我說。

「這樣的話，」吉兒說：「我們只能假裝成鳥寶寶，祈禱牠別發現。」

我們蹲低，雙手放在屁股上，不斷來回擺動手肘。

「咕、咕咕咕——！」泰瑞發出叫聲。

Q 公雞下了一顆褐色的蛋和一顆白色的蛋，會孵出什麼顏色的小雞？

「泰瑞，你要裝的是捕蟲鳥寶寶。」吉兒說：「不是公雞！」

「抱歉，」泰瑞說：「這樣呢？啾！啾！啾！」

「好多了！」吉兒說：「我是要說，啾！啾！啾！」

捕蟲鳥媽媽降落，大到嚇人的爪子緊緊抓住鳥巢邊緣。牠的嘴裡含滿不斷掙扎扭動的小蟲。

A 都不會，公雞不會下蛋。

捕蟲鳥寶寶的啾啾叫聲震耳欲聾，牠們全都朝天伸長頸子，張大鳥喙。我們也有樣學樣（不過我們張的是嘴巴，不是鳥喙）。

捕蟲鳥媽媽張開牠的喙，蠕動的新鮮蚯蚓像下雨一樣掉進我們張開的嘴巴。

Q 混合蚯蚓和大象，會生出什麼？

嘔！我的嘴裡塞滿髒兮兮、不停蠕動的冰涼蚯蚓！好噁心啊！我盡量避免咀嚼或吞下蚯蚓，但是並不容易。感覺牠們想要鑽進我的喉嚨。

然而奇怪的是，泰瑞看起來完全不在意。他咻嚕咻嚕的大口吞，簡直像在吃義大利麵！

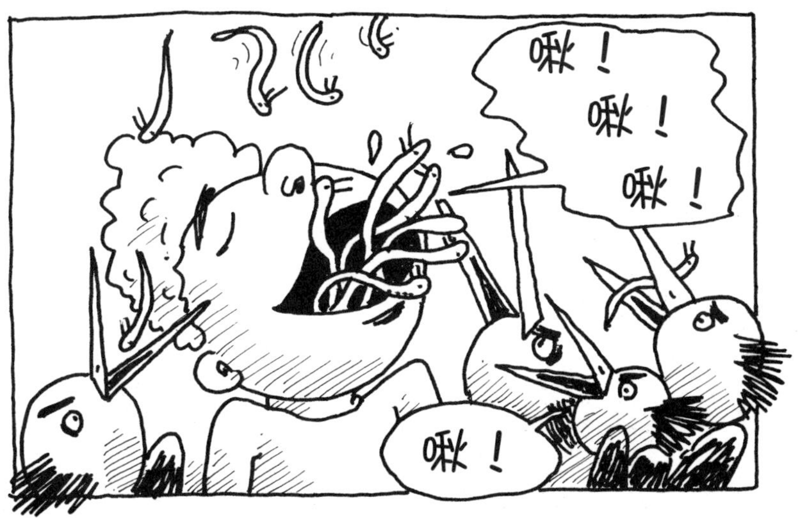

A 你的院子裡會出現非常大的蟲洞。

最後，鳥媽媽沒有蟲了，拍著巨大的翅膀飛離鳥巢。

「噁！」我用最快的速度吐出蚯蚓。

 Q 一隻蚯蚓晚歸的時候，另一隻蚯蚓會對牠說什麼？

「噁噁噁！」吉兒也吐出嘴裡的蟲：「我不是要針對蚯蚓。」

然而泰瑞沒有吐出蚯蚓。他的嘴巴仍塞得滿滿——事實上，滿到有一條蚯蚓還掛在他的嘴邊。

其中一隻捕蟲鳥寶寶叼著蚯蚓一頭，開始用力扯。

泰瑞扯回去。

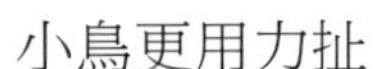

小鳥更用力扯。

泰瑞扯得更加用力。

Q 全世界哪一座山是女的？

「吉兒，你看看。」我說：「泰瑞正在和鳥寶寶拔河。」

「噢，泰瑞，別這樣。」吉兒說：「讓鳥寶寶吃蟲吧。」

「那是我的蚯蚓。」泰瑞滿嘴蚯蚓、含糊不清的說：「媽媽給我的！」

泰瑞說話時，鳥寶寶趁機搶走蚯蚓，一口就咕嚕吞下肚。

A　聖母峰。

「嘿！」泰瑞大叫：「不公平！」

「不，很公平，」吉兒說：「因為你不是真的鳥寶寶，那隻鳥媽媽也不是你真的媽媽。」

「我知道，」泰瑞嘆氣：「但是我真的很餓嘛。」

「我也是啊！」我說：「但是這又不會改變蚯蚓吃起來很噁心的事實。我的意思是說，那隻捕蟲鳥寶寶看起來要吐了。連捕蟲鳥都不喜歡蚯蚓！」

 Q 要怎麼知道蚯蚓的頭在哪一邊？

「那不是想吐，」吉兒說：「那是噎到了！牠一定是吃了太多蚯蚓。退後，我要使用蟲姆立克急救法！」

吉兒抱起鳥寶寶，頭下腳上的抓著，然後輕柔擠壓牠。

A 在蚯蚓的中間部位搔癢，看看哪一邊會笑。

小鳥咳出一堆蚯蚓，包括一條頭部又白又大，身體極細的蟲。事實上，比起蚯蚓，那看起來更像一條線。那條線綁著……

我的牙齒！

「找到牙齒了！」我說。

「一定就是這個害牠噎到。」吉兒說。

Q 毛毛蟲會對蚯蚓說什麼？

「太好啦！」泰瑞說：「現在所有的問題都解決了。」

「這個嘛，並沒有。」我說：「我們還困在聖母峰山頂上的鳥巢裡，而且沒有辦法下山。」

「對耶。」泰瑞說：「不過，等等……蚯蚓的伸縮性相當好。鳥媽媽帶著一堆蚯蚓回來的時候，我們可以把蚯蚓綁在一起，做成蚯蚓彈力繩，這樣就可以安全的慢慢降落到地面。」

A 你穿這麼少不冷嗎？

「不能這麼做！」吉兒說：「對蚯蚓太殘忍了！」

「也許吧，」泰瑞說：「但是這讓蚯蚓不用被鳥吃掉，所以也算是幫牠們一個忙。」

「不對，我們不是在幫忙。」吉兒說：「鳥吃蚯蚓是很自然的，把蚯蚓綁成彈力繩才不自然。」

就在此時，我們聽到拍振翅膀的聲音，還有兇猛的長嘯。我們全部回頭看。捕蟲鳥媽媽回來了，而且牠看見我們了！

牠低下頭，朝我們俯衝而來。

A 書蟲。

「安迪，吉兒，永別了！」泰瑞說：「能夠認識你們真好。」

「我也是。」吉兒說：「還有你，安迪。」

但是我還來不及回答，被吉兒救了一命的鳥寶寶拍著翅膀跳到我們和鳥媽媽之間。

牠快速的大聲「啾－啾－啾」叫著。

「吉兒，怎麼回事？」泰瑞問：「鳥寶寶說什麼？」

「牠告訴媽媽，牠噎到的時候，是我們救了牠。」吉兒說。

鳥媽媽轉向我們。「嘎嗷！嘎嗷！嘎嗷！」牠嘎道。

「吉兒，那是什麼意思？」我說：「好還是不好？」

「是好的意思。」吉兒說：「非常好。牠說非常感激，如果有任何事情可以報答我們的迅速反應和好心腸，儘管說沒問題。」

「牠能載我們下山回到樹屋嗎？」我問。

「我問問。」吉兒說，然後轉向鳥媽媽：「嘎嗷嘎嗷嘎嗷？」

鳥媽媽嘎嗷回應吉兒。

「牠說可以，很樂意。」吉兒說。

A 一隻會把你耳朵咬掉的鳥。

我們爬上鳥媽媽的背。牠的羽毛又硬又滑溜，很難抓住。

「可以用那條線當成韁繩。」吉兒說，一邊將線繞在鳥媽媽的脖子上：「大家都準備好了嗎？飛吧！」

捕蟲鳥拍動翅膀，飛離鳥巢，然後開始迅速下降。

我們
往下
再
往下
再
往下
飛行。

A 因為牠愈飛愈遠。

往下
再
往下
再
往下
再
往下
再
往下
再
往下
再
往下
再
往下
再
往下
再
往下
再
往下

Q 哪一種鳥最不舒服？

再
往下
再
往下
再
往下
再
往下
再
往下
再
往下
再
往下
再
往下
再
往下
再
往下
再
往下
再

A 卡到鷹。

Q 哪一種鳥總是心情很好？

再往下再往下再往下再往下再往下再往下再往下再往下再往下再往下再往下再

A 喜鵲。

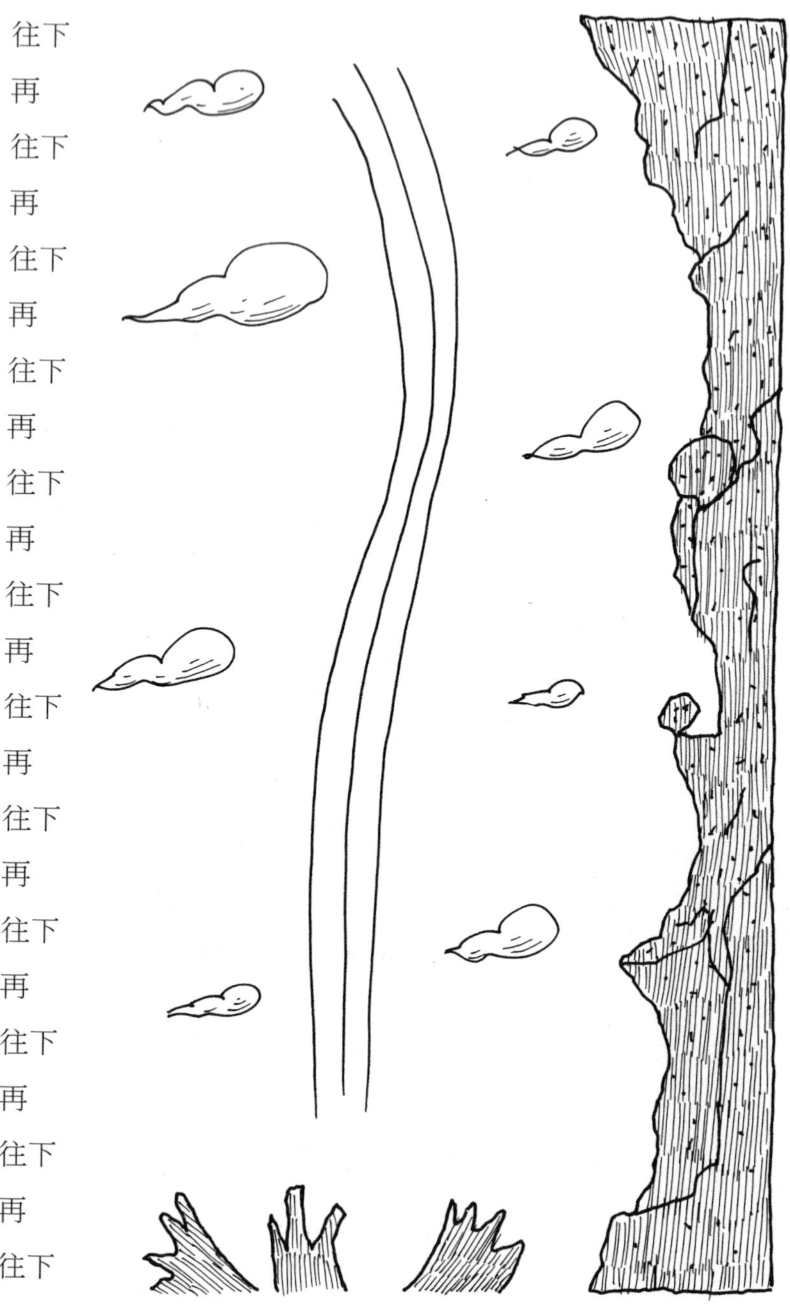

 Q 鳥最喜歡電視新聞的哪一部分？

再往下，直到我們抵達地面。我們爬下鳥背，吉兒向牠道謝。

她們嘎嗷聊了許久，接著鳥媽媽最後一次向我們感激的嘎嗷，然後再度起飛。

「妳和鳥嘎嗷了些什麼？」我問道。

「牠說如果我們還需要幫助，只要嘎嗷一聲就可以了。」吉兒說:「我們經歷了一場大冒險耶！我要趕快回家，講給我的動物聽。」

Q 為什麼鳥站在路口？

第9章

泰瑞，拜託，可以麻煩你安靜點嗎？

「呼，真高興一切都結束了。」我說：「現在找回牙齒，我要直接上床睡覺，這樣牙仙才會來找我，給我兩塊錢！」

A 因為是紅燈。

「但是現在上床睡覺還太早了。」泰瑞說：「還是大白天耶。」

「我知道，」我說：「但是我沒辦法等到今天晚上——在那之前我們就必須寫完書。所以請你保持安靜，這樣我才能睡覺，好嗎？」

 Q 為什麼龍都在白天睡覺？

「沒問題，安迪。」泰瑞說：「包在我身上！晚安！」

「晚安，泰瑞。」我說

我沿著梯子爬到臥室，換了睡衣，上床睡覺。

A 才不會晒成烏龍。

爬了一整天走不完的樓梯後，我感覺相當疲倦，所以要睡著不是難事。事實上，我現在就要睡著了。

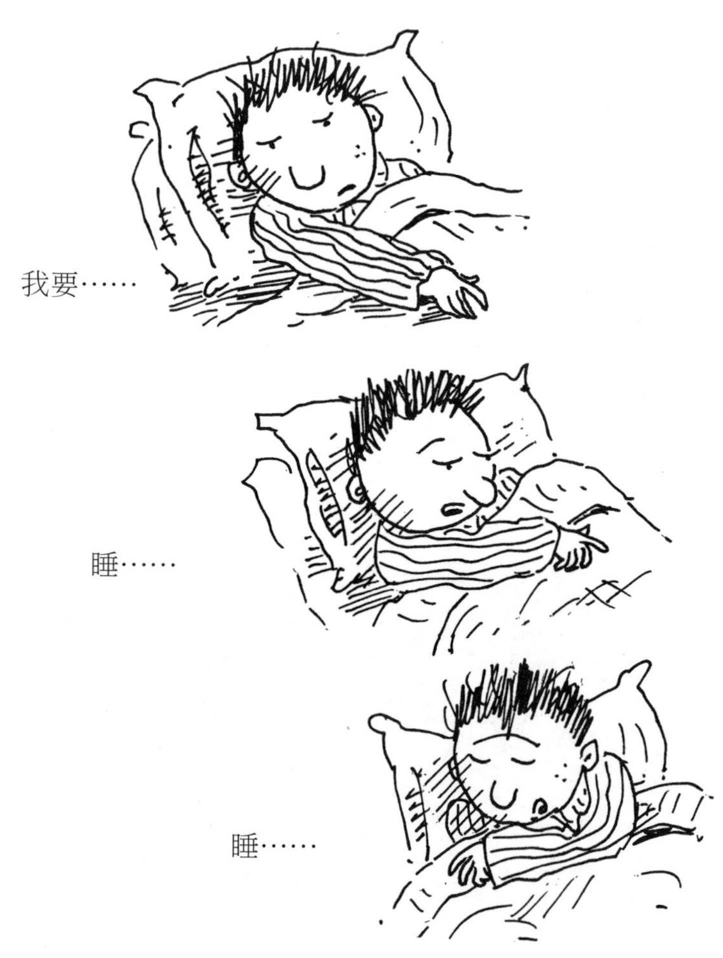

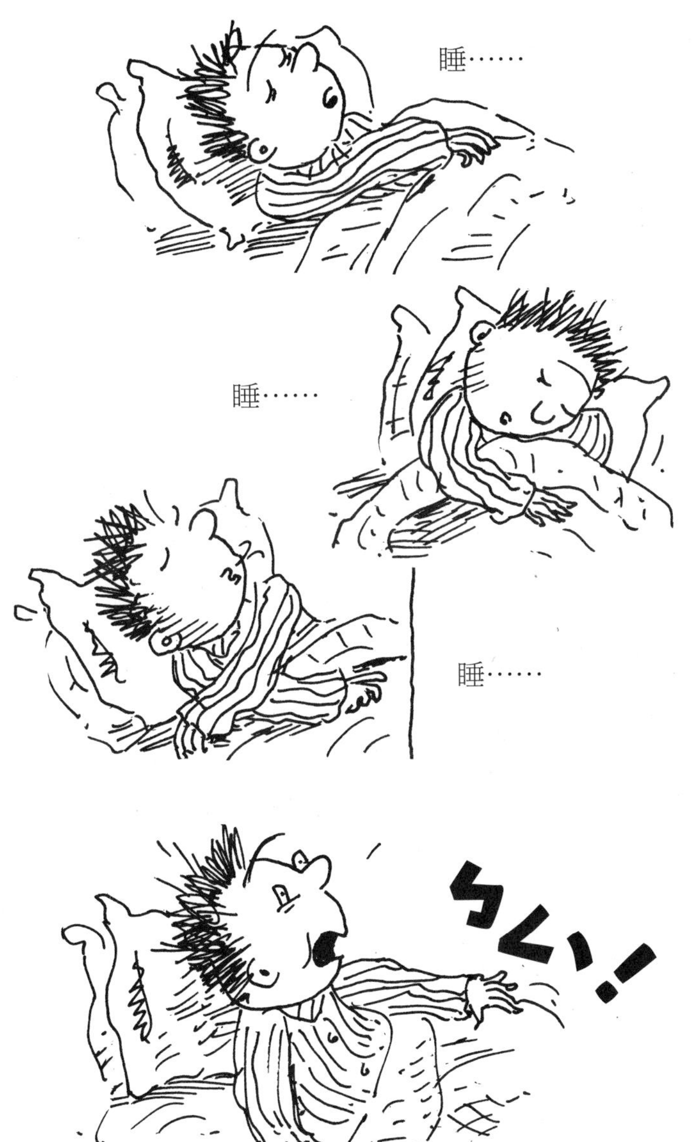

就在即將睡著時，我聽見又重又響的腳步聲。聲音大到床都在搖晃。

ㄅㄥˋ！
ㄅㄥˋ！
ㄅㄥˋ！

我爬下床，從樓層邊緣往下張望，看見泰瑞正穿著一雙巨大的蹦蹦靴到處踏步走。

「嘿，泰瑞！」我大叫：「不要踏了，好嗎？我正在睡覺！」

A 裹著書衣睡。

「安迪，對不起。」他說：「我只是想試穿這雙剛發明的全新超厚重蹦蹦靴。結果它們比我想像的還要吵。不過我現在就脫掉靴子。我不會再打擾你了，保證。」

「你最好說到做到！」我說：「晚安！」

「晚安，安迪。」泰瑞說。

我回到床上，再度試著睡著。

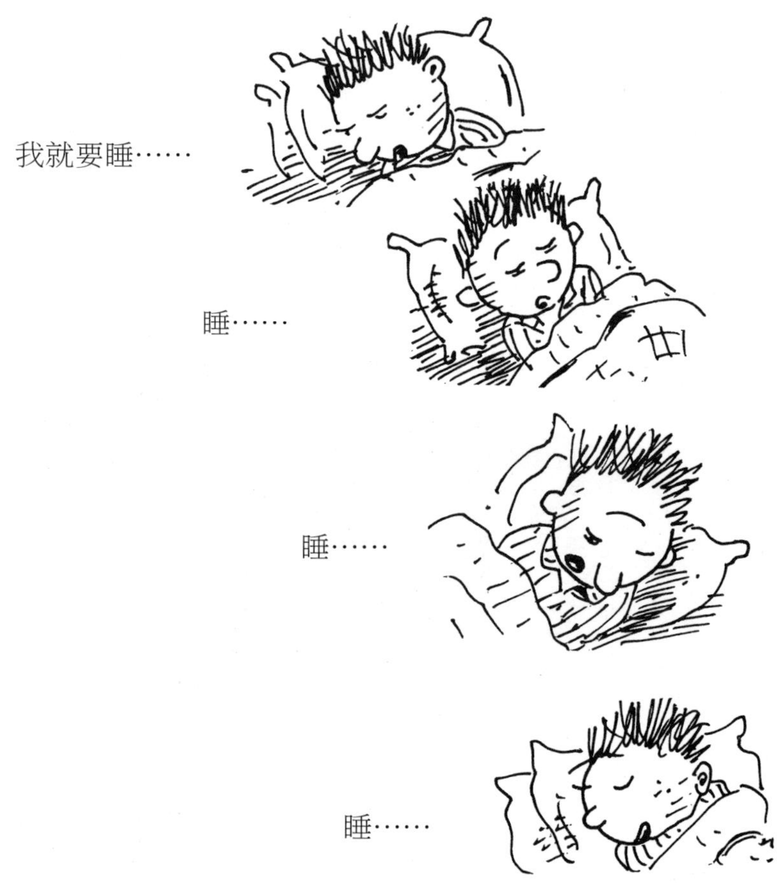

 Q 雪靴最大的問題是什麼？

就在我快要睡著時，我聽見有史以來最吵鬧 —— 而且最荒唐古怪 —— 的噪音。

劈哩啪！

逼哩！

蹦隆！

 Q 岩石在哪裡睡覺？

我爬下床，從樓層邊緣往下張望，看到泰瑞戴著超大聲笨蛋帽！

「泰瑞！」我大叫，但是他籠罩在那頂蠢帽子的震耳噪音中，根本聽不見。

A 岩床。

「泰瑞！」我再度吼道，這次更大聲。

不過他還是聽不見。

「**泰瑞！**」我用盡全身力氣大吼。

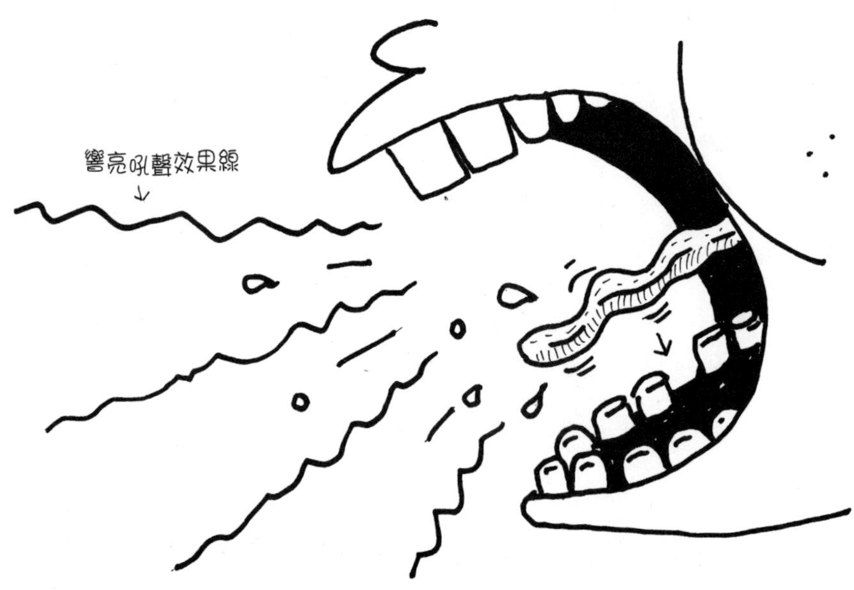

Q 一頂帽子對另一頂帽子說什麼？

這次他聽見了。

「對不起，安迪。」他說：「這頂超蠢超吵帽的噪音讓我聽不見你的聲音。有什麼問題嗎？」

「你的超蠢超吵帽就是個問題！」我說：「我正要睡覺了，還記得吧？」

「噢，對不起，安迪。」泰瑞說：「我忘了。我會脫下帽子，現在開始一定會非常非常安靜。我保證。」

「你最好做到，」我說：「不然看著辦！」

我回到床上，第三次開始睡著。

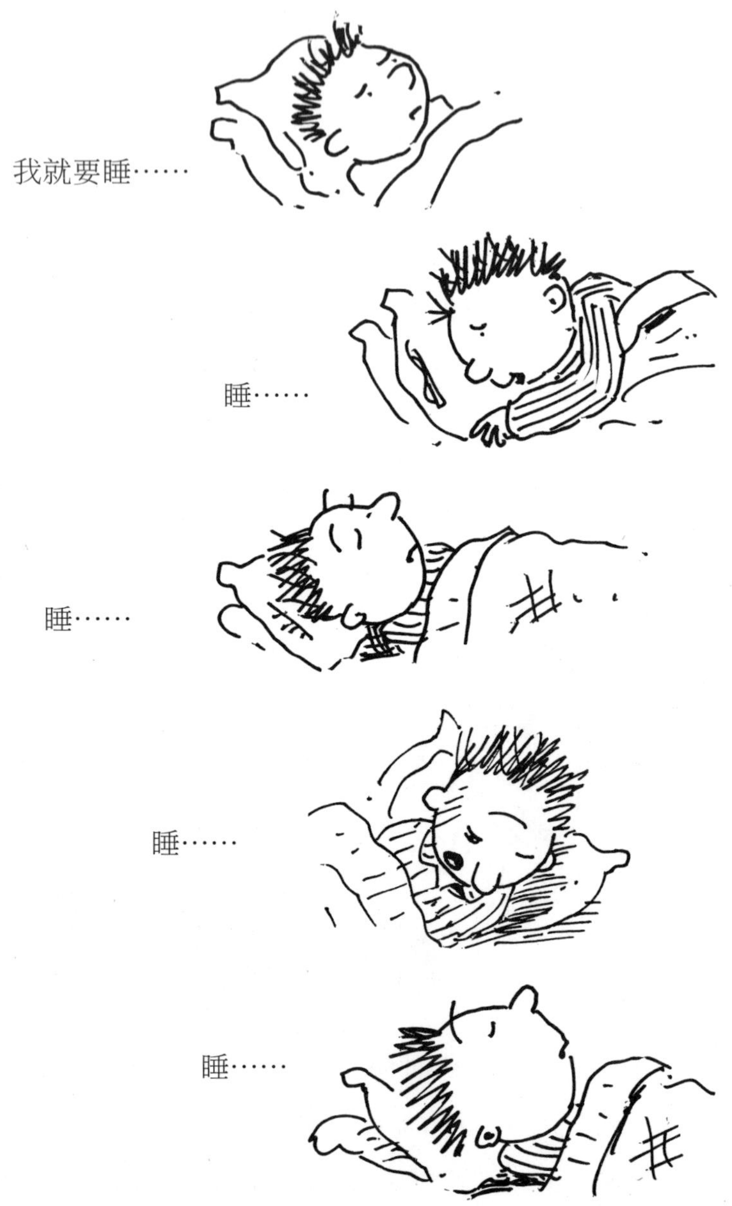

A 因為不想吵醒安眠藥。

我爬下床，從樓層邊緣往下張望，看見泰瑞正在打鼓，超級手指在彈吉他，大象鼻王則穿著那雙超厚重蹦蹦靴……

Q 為什麼數學課本悶悶不樂？

如果這樣還不夠糟，他們每個頭上都戴著一頂超蠢超吵帽！

好啊！你們自找的！我深吸一口氣後大吼……

A 因為它有很多問題。

泰瑞，麻煩安

 Q 什麼東西每當你試著提起，就會立刻打破？

拜託，請你靜一點，好嗎？

A 寂靜。

「安迪，對不起。」泰瑞說：「我們只是在為『樹屋之星選拔賽』練習。」

「什麼樹屋之星選拔賽？」我說。

「我想在這本書寫完之後辦一場嘛。」

「這本書根本寫不完，」我說：「除非你讓我睡覺！！！」

Q 有個士兵買了迷彩睡袋，然後呢？

「我現在開始會安靜的，」泰瑞說：「我保證。」

「剛剛你也這樣說！」我說。

「我知道，」泰瑞說：「但是不會再發生了，真的保證。我會像小老鼠一樣安靜。」

「好吧。」我說：「晚安……最後一次！」

我回到床上，開始睡……

睡……

睡……

睡……

A 他找不到了。

睡著了。

第10章

泰瑞遇見牙仙

那是安迪牙痛的那一天，

整座樹屋從上到下毫無動靜，

——連我也是，萬般靜謐。

安迪的牙齒小心謹慎的放在小杯子裡，

期待牙仙快快現身。

A 因為他死掉了。

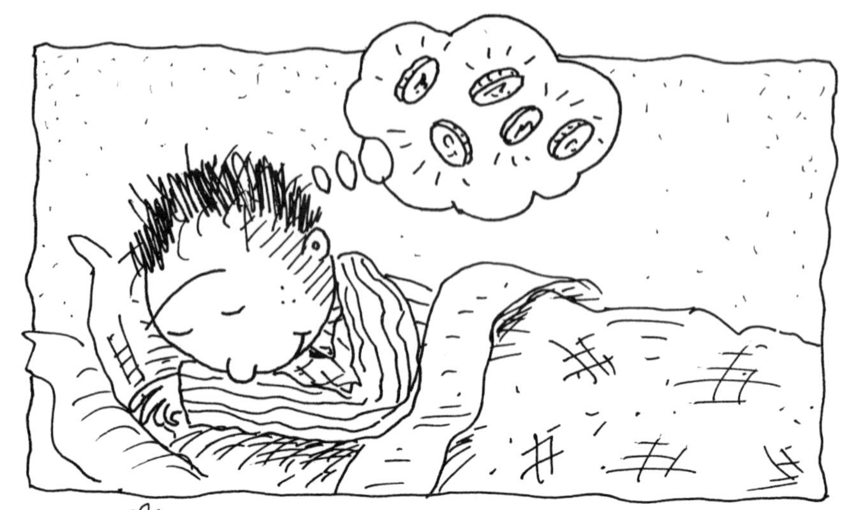

安迪在他的床上睡得香甜，
腦袋裡夢到金幣滿天飛。

而我待在浴缸裡吹泡泡。
努力讓自己不要胡搞瞎搞。＊

＊而且保持非常非常的安靜！

突然森林間傳出叮噹聲，
我跳出浴缸看看有什麼好事發生。
裹著毛巾，我如一陣微風，
飛快跑到層板邊緣窺看枝葉隙縫。

在我好奇的眼前，

竟出現一台小蒸汽機器逐漸接近。

還有玩具小卡車，附帶迷你起重機，

金色小鏈子掛著吊鉤搖來晃去。

帶頭的是一個小人兒，歡欣又輕盈，
我立刻知道那一定是牙仙！
她的速度比搭乘老鷹到樹屋還快，
她邊吹口哨邊大喊，呼喚小幫手的名！

A 因為它的藍「芽」壞掉了。

「來吧，痛痛！來吧，臼齒！
來吧，鑽鑽！來吧，碎碎！
直奔樹頂！衝進臥室！
然後吊起、拖走珍貴戰利品，
無論大小、無論尺寸，牙仙專門收集牙齒！」

牙仙和機器飛到樹屋高處，
當然還有她的迷你隊伍。
卡車停在安迪香甜的睡臉，
吊鉤慢慢降到床邊的玻璃杯。

A 氣派。

然後伴隨咒語「牙齒拉起吊高高」，
牙齒被帶離水杯底，
放上卡車牢牢綁緊。
用的是細如蛛絲的繩索，
光澤明亮又閃爍。

 Q 什麼東西有齒卻無法進食？

牙仙歡天喜地，翩然飛行。

「給他吧，」她說：「賞他一個好行情。」

機器開始轟隆運轉。

汽笛高鳴噴氣。

然後凌空飛出一枚兩元硬幣。

A 扁梳子。

亮晃晃的錢幣飛過空中，
接著掉進玻璃杯發出「撲通」。
「現在，」牙仙說：「立刻啟程返家，
牙齒才能在女王慶生會即時送達！」

她跳上卡車，
吹口哨一聲下令，
牙仙隊伍全都起飛隨風而去。
不過當她消失在我視野，
我聽見她開心呼喊：
「謝謝牙齒，並祝諸位晚安！」

為了告訴你們事實，

我決定尾隨，

我想看看她們如何處理牙齒。

牙仙隊伍飛越大地、海洋和河流，

而我也飛行緊跟在後。

 Q 什麼東西沒有翅膀卻會飛？

我跟上隊伍，飛過無數個小時，
直到終於抵達——
遠近馳名的精靈國度！
城市的光線閃爍明燦，
許許多多的精靈正在用餐跳舞。

A 時光，因為「時光飛逝」。

城市正在舉辦盛大慶典，
為了精靈國度的女王舉辦的大型生日宴會。
安迪的牙齒被小心翼翼搬下卡車，
放入大砲，往天空發射。

 Q 星星會對煙火說什麼？

雖然那顆牙並不好——
蛀得亂七八糟——
安迪的臼齒「砰」一聲炸開時，
看起來卻美得不得了！
（誰能想到一顆爛透的蛀牙，
竟能變成美妙的煙花？）

A 你是閃去哪了。

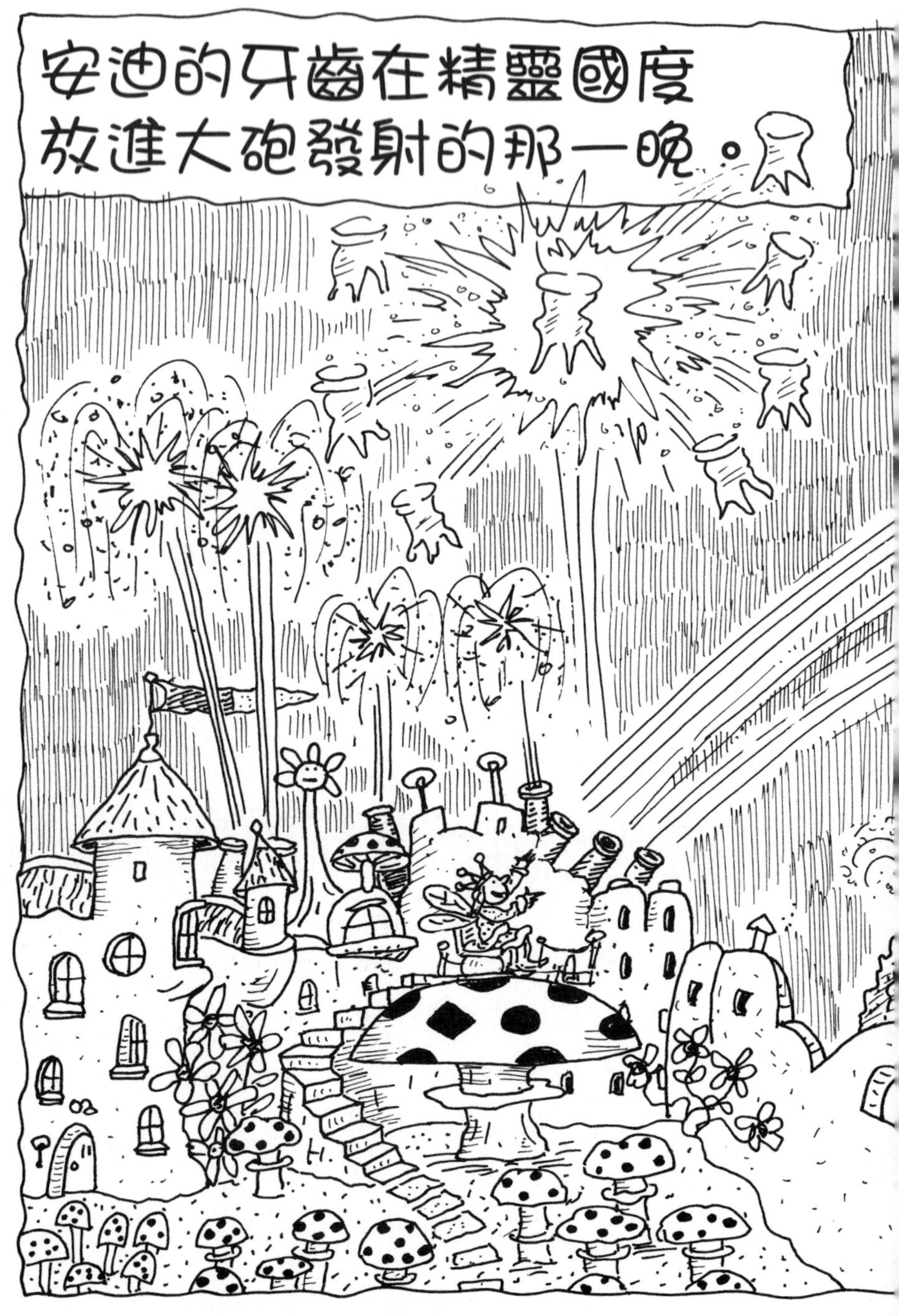

安迪的牙齒在精靈國度
放進大砲發射的那一晚。

Q 恐龍和煙火混合，會變成什麼？

A 暴（爆）龍。

女王謝謝仙子準備的生日驚喜，
以及精采的煙火讓她目眩神迷。
這就是安迪牙齒的故事。
我在場親眼見證，
我發誓全部都是真人真事！

Q 眼睛和另一隻眼睛說什麼？

第11章

漲價悲劇！

「安迪，快醒來！」泰瑞粗魯的搖晃我：「安迪！醒來！」

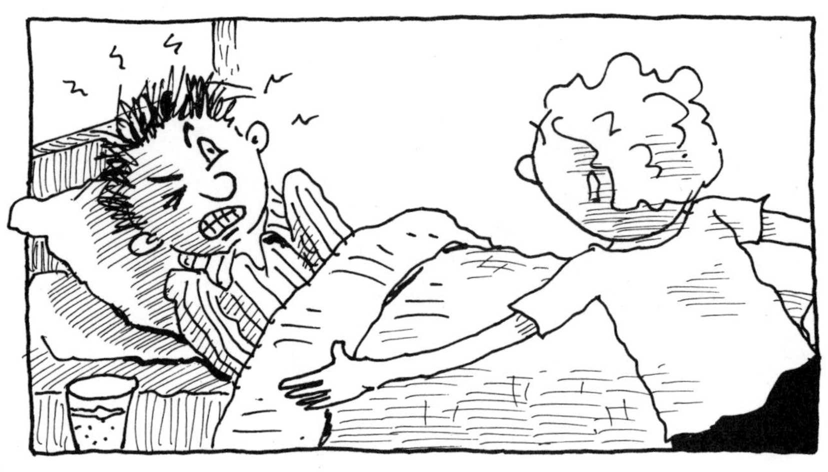

「現在又怎樣了，泰瑞？」我說：「你保證會安靜的！我努力想要睡著，這樣牙仙才會來啊！」

 Q 狼人的牙齒補好後，他會吃什麼呢？

「你睡著了！」泰瑞說：「而且牙仙來過了！」

「真的嗎？」我說。

「真的，」泰瑞說，同時拿起玻璃杯：「你看！」

A 牙醫。

玻璃杯底，有一枚閃閃發亮的全新兩塊錢硬幣。

「真的有用耶！」我說：「我們拿到需要的兩塊錢了。但是你怎麼知道那是牙仙放的？」

「我看見了！」泰瑞說：「她們發出好多聲音，我很擔心會吵醒你。」

「她們？」我說：「我以為牙仙只有一個。」

「牙仙的確只有一個，」泰瑞興奮到快要喘不過氣：「但是她有一整群小幫手，還有附起重機的小卡車，以及跟我們一樣的製錢機——不過非常迷你，而且不會製造蜂蜜。我尾隨她們回到精靈國度、看到她們用你的牙齒做成煙火慶祝精靈女王的生日！」

A 預防蛀牙。

「你確定你沒有跟著睡著嗎？」我說：「聽起來像是你在做夢。」

「沒有，是真的。」泰瑞說：「你可以問讀者們。他們當時也在場。他們看見我看見的所有事！」

「我不是不相信你，」我說：「但是我還是想問一下讀者們。」

嘿，讀者們，這是真的嗎？泰瑞確實全程目睹牙仙來訪？

Q 吸血鬼德古拉最喜歡哪種茶？

她們有
起重機！
真的！
而且泰瑞去了
精靈國度！
還有卡車！
而且你的牙齒
「砰」一聲
炸開了！
是精靈女王
的生日！
你的牙齒
炸開了。
煙火超美！
這是最棒的
一天！
我愛
雙翼機！
有一台
蒸汽機器會
製錢！
終於知道牙仙
拿牙齒做什麼了！
我們看見泰瑞
看見牙仙了！
我超愛我的
新髮型！

A 龍「頸」茶。

「看吧？」泰瑞說：「我就說吧！」

「好吧，」我說：「很抱歉沒有相信你。但是沒關係，最重要的是——我們終於有足夠的錢可以買笑話寫手2000 ™啦！」

Q 哪裡總是能找到「錢」？

我起床穿好衣服。我們抓起所有錢，跳上噴射推進辦公椅，用最快的速度飛往兩百萬元商店。

「啊，我正在想你們會不會回來呢。」梵希．費許說。

「你還有笑話寫手 2000 ™嗎？」泰瑞問。

「有的，」梵希．費許說：「你們離開後，還有不少人感興趣呢。但是你們非常幸運，這款筆還有貨。」

「我們買了！」我說。

「真是完美的決定，先生。」梵希．費許說：「您想包成禮盒嗎？我有一些非常精美的包裝紙，只要兩百萬元——全地表與海底最優質的包裝紙喲！」

「不了，謝謝。」我說：「這不是禮物，是我們自己要用的——我們要用這枝筆寫書。」

「如您所願。」梵希．費許說，同時伸出他的鰭：「總共是四百萬元，謝謝。」

「四百萬元？」泰瑞說。

「是的，一點也沒錯。」梵希．費許回答。

「可是之前只要兩百萬元啊。」我說。

「我知道，」梵希．費許聳了聳肩說：「可是後來就漲價了。」

「這裡是兩百萬元商店耶。」我說。

「正是如此！」他說：「沒有任何商品低於兩百萬元。這是我們對您的承諾。」

「但是你不能毫無理由就漲價為兩倍呀。」泰瑞說。

「我確實可以。」梵希．費許指著櫃台上方的告示牌。

本商家保留
將任何商品價格
調漲為兩倍
之權力，
無需任何理由。
（如造成不便，我們在此致歉。）
倒抽一口氣！
獨角獸！*

*這個反應真奇怪。

A　把錢放在鏡子前面。

「可惡啊！」我說：「現在該怎麼做才買得起笑話寫手 2000 ™？」

「我們可以等到降價的時候啊。」泰瑞滿懷期望的說。

「我不認為會降價，」我說：「看看那塊告示牌。」

Q 蠶寶寶為什麼逛街不買東西？

「這家店太貴了。」泰瑞說：「早知道就不該讓他進駐樹屋。」

「沒錯，」我說：「不過從另一方面來說，這也是唯一能買到笑話寫手 2000 ™的店！」

「是啊，我知道。」泰瑞說：「我猜我們只能找另一家兩百萬元商店了。也許我們可以再多拔幾顆你的牙齒。精靈女王對你上一顆牙非常滿意呢。如果我們跟牙仙說說看，或許她會付我們每顆牙不只兩塊錢。」

A　因為「結繭」（節儉）。

「才不要！」我說：「不准再拔掉我任何一顆牙！況且我還有更好的點子呢。」

「是什麼？」泰瑞問。

「我們可以去兩元商店，用我新得到的兩塊錢買兩百萬元。我們就會有四百萬元，就能回來買笑話寫手 2000™了！」

Q 什麼東西有一百個正面和一百個反面？

「哇！」泰瑞驚呼：「安迪，你的數學突飛猛進耶！但是你的算數有個小小錯誤。如果用兩塊錢買兩百萬元，我們還是少兩元，所以我們要買的是兩百萬元和兩元。」

「噢，對耶。」我說。

我轉身對梵希·費許說：「請拿著那枝笑話寫手 2000 ™！我們馬上回來！」

A　一百個硬幣。

我們急忙前往兩元商店。抵達時，平奇．賣飛正在店門口，旁邊擺著成堆全新的錢，以及「金錢特賣會」的招牌。

Q 如果有四塊錢，你拿走三塊錢，那麼你有多少錢？

「我們走運啦，安迪！」泰瑞說：「平奇正在舉辦金錢特賣會！全部的錢只要兩元！這真是整棟樹屋最超值的店了！」

「您說的沒錯！」平奇說：「請問需要什麼？」

「我們想要買兩百萬零二元，謝謝。」我說。

A 你拿了三塊錢，所以你當然有三塊錢啦。

「當然好。」平奇說。他抓起一大把現金，放到櫃台上。

「都在這裡。」他說：「兩百萬零二元！總共是兩元，謝謝。您是否需要包裝呢？」

Q 什麼東西是長頸鹿有，但是其他動物都沒有的？

「不用了，謝謝。」我說：「這不是禮物；這是我們自己要用的——我們需要這些錢買笑話寫手 2000 ™來寫書。」

我遞出那枚嶄新的兩元硬幣：「謝了，平奇！」

「我才要謝謝您們，」平奇說，用他的螯夾著那枚閃亮金幣，「我突然有唱歌的靈感了！」

「不妙，」泰瑞悄聲說：「我們快離開這裡！」

A　長頸鹿寶寶。

當我們回到兩百萬元商店時，梵希．費許正等著我們，鱠中仍握著笑話寫手 2000 ™。

「如何？」他說：「您們決定了嗎？」

「我們買了！」我說。

「太好了。」梵希·費許說:「一共是八百萬元，謝謝。」

「什麼？！」我說：「八百萬元？！」

「你不能又漲價！」泰瑞說：「這樣不對，而且也不公平！」

「放輕鬆，」梵希．費許說：「二位請冷靜！只是開個小玩笑。價格仍然是四百萬元。」

「呼，好險！」我們將錢倒在櫃檯上時，泰瑞說：「剛剛那一瞬間，我以為我們又要回去兩元商店買更多錢！」

A 當然可以，聖母峰又不會跳。

梵希．費許用他花溜溜的鰭，迅速將所有的錢咻咻咻掃進櫃檯，然後將笑話寫手 2000 ™放在我的手中。我立刻感覺幽默感上升百分之一百一十。這本書一定會很好。這本書一定會很棒。這本書一定會是我們有史以來寫過最好、最棒、最有趣的書！

第 12 章

寫笑話時間！

不過在開工之前，我們真的需要吃東西。經過爬樓梯、睡覺和購物這一大堆事情後，泰瑞和我覺得飢腸轆轆。

棉花糖機感應到我們的飢餓，開始往我們的嘴裡高速發射棉花糖。

 Q 為什麼大象要站在棉花糖上？

「我好飽！」我說。

「我也是」。泰瑞附和。

我們閉上嘴巴，棉花糖機繼續朝我們的臉發射幾顆棉花糖，然後就飛往別處，看看還有沒有其他人肚子餓。

A 因為牠不想掉進熱巧克力裡。

「好了，」我說：「現在我們可以開工啦。」

我拿起笑話寫手 2000 ™，意外的相當沉甸甸。起初我懷疑這樣要如何寫東西，但是接著神奇的事情發生了——這枝筆溜出我的手，開始自動寫個不停！

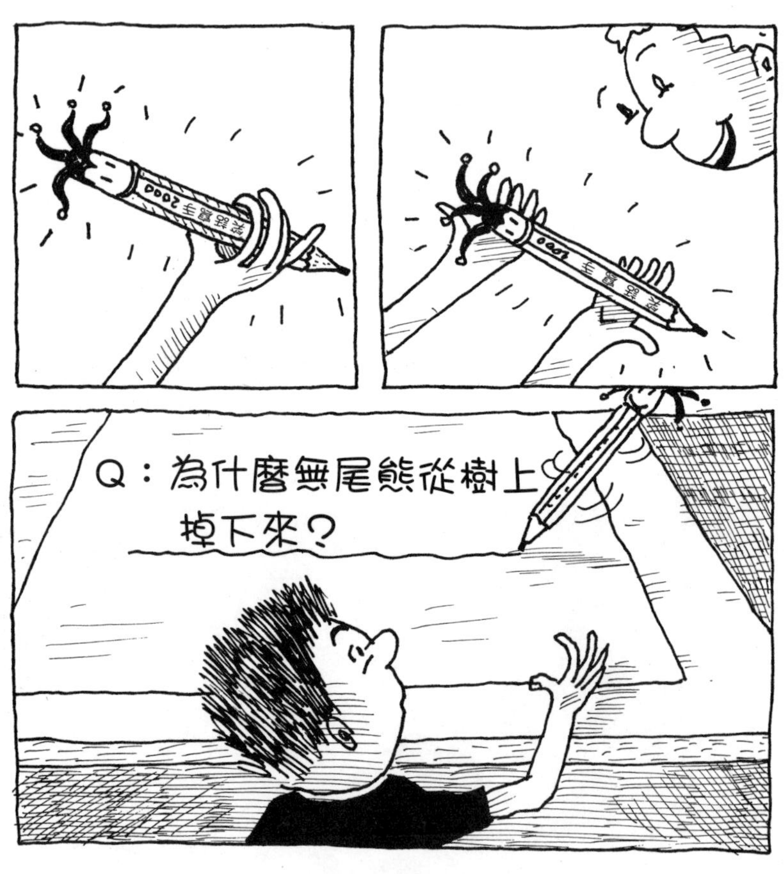

Q 為什麼鴿子要走斑馬線？

「哇啊！」泰瑞驚呼：「真是棒呆啦！它接手所有工作耶。我等不及想看看為什麼無尾熊會從樹上掉下來。我打賭一定很好笑。」

「這個嘛，你不用等多久，」我說：「它現在正在寫答案！」

A　因為牠不想被車撞到。

「我說的沒錯。」泰瑞說：「確實滿好笑的！叫它再寫一個。」

我把笑話寫手 2000 ™的筆尖放在紙上，它再度開始寫。

Q 為什麼小狗要趴在地上？

「這比第一個笑話更有趣。」泰瑞說。

「我知道！」我說：「這枝鉛筆真是太棒了！」

「我可以試試看嗎？」泰瑞問。

「當然可以。」我把鉛筆遞給他。

泰瑞將鉛筆筆尖放在紙上，筆立刻滑出他緊握的手，再度開始寫字。

A　因為牠摔了一跤。

泰瑞大笑不止，笑到連鼻孔都噴出牛奶——而且他根本沒喝牛奶！

「噢，我的媽呀。」泰瑞說：「這枝鉛筆真是棒呆啦！」

「對啊，」我說：「有了這麼好笑的鉛筆，我們就能寫出有史以來最有趣的書了！」

「笑話寫手 2000 ™真的值得我們花的每一塊錢。」泰瑞。

「確實如此。」我說：「它值得砸向我們的每一塊麵包、朝我們扔過來差點壓扁我們的每一台冰箱、我們爬不完的樓梯的每一階階梯，還有我們在捕蟲鳥的巢吞下肚的每一條蠕動噁心的黏答答蚯蚓。這真是有史以來最了不起的鉛筆！」

A　奶昔（奶昔的英文是milkshake，shake是搖晃的意思）。

就在我們讚嘆笑話寫手 2000 ™的時候，我們看見一隻鳥飛過上空。

「嘿，看起來像上次那隻捕蟲鳥耶。」泰瑞說。

「有點像，」我說：「但是顏色不一樣。」

突然間，這隻鳥全速俯衝，從泰瑞手中抓搶走笑話寫手 2000 ™，然後再度飛回高空。

「噢不！」泰瑞說：「又來了！」

我們震驚不已，呆站在原地，這時吉兒的頭和肩膀從枝葉間探出，脖子上掛著雙筒望遠鏡。

「你們剛剛看到一隻『高空飛行山棲笑話寫手搶奪鳥』飛過這裡嗎？」她問：「牠俯衝進樹屋的時候我跟丟了。」

「我們看得很清楚！」我說：「牠咻的快速飛下來，搶走我們的笑話寫手 2000 ™！」

「牠們就是這樣。」吉兒說：「所以才稱牠們為笑話寫手搶奪鳥。」

「別跟我說又要再爬一次走不完的樓梯到聖母峰。」泰瑞說。

「不，」我說：「事實上，我們不需要這麼做。而且你知道嗎？我覺得我們一開始根本就不必爬。」

A 因為要洗刷嫌疑。

「要呀，我們當時必須這麼做。」泰瑞說：「我們必須拿回你的牙齒。」

「我們以為我們必須這麼做。」我說：「但是我剛剛才想通，在第六章你拔掉我的牙齒後，我就不再牙痛了，因此我其實不需要笑話寫手 2000 ™來幫忙寫書。」

泰瑞皺著眉頭：「所以我們當時不必為了拿回你的牙而爬爬不完的樓梯，」他說：「也就是說，我們其實也不必假裝成鳥寶寶、吃下那堆蚯蚓？」

「這個嘛，你本來就不用吃下蚯蚓。」我說：「確實如此，不必這麼做。」

「而且你試著睡著等牙仙降臨時，我也不必努力保持安靜？」

「沒錯。」我說。

「我究竟是為了什麼在大白天泡澡！」泰瑞氣呼呼的說：「而且我們花了四百萬元買了一枝會寫笑話的鉛筆，結果才寫了三個笑話。我們原本可以買純金馬桶座墊耶！現在我們一毛錢都不剩了！」

A 因為牠是間諜。

「我知道，」我說：「但是仔細想想，這一切還滿有趣的，不是嗎？」

泰瑞開始想，然後又想了更多。他皺起眉頭——接著放聲大笑。

「你說的沒錯，」他說：「我們做了一大堆根本沒必要做的事情，這真的很好笑。」

吉兒也笑了：「而且往好處想，這會是你們寫書的絕佳點子。」

「對耶！」泰瑞說：「而且現在安迪的幽默感又回來了！」

「沒錯，」我說：「我現在的幽默感多到可以寫這本書和一大堆笑話……當然啦，加上你的幫忙。」

「還有我的！」吉兒說：「我知道很多關於動物的笑話。例如這個：睡不著的恐龍叫什麼？」

「我不知道耶。」我說：「叫什麼？」

「醒龍！侏羅紀真的有這種龍！」

「這個笑話不只有趣，而且還是真的！」泰瑞說：「我們現在就開工吧！」

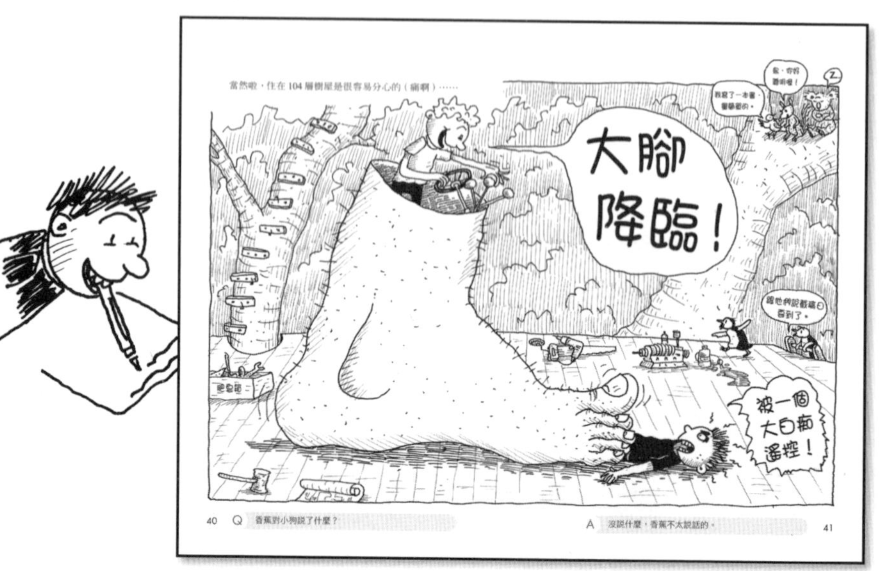
當然啦，住在104層樹屋是很容易分心的（痛啊）……
大腳
降臨！
被一個
大白痴
遙控！
40 Q 香蕉對小狗說了什麼？
A 沒說什麼，香蕉不太說話的。 41

於是我們寫字……

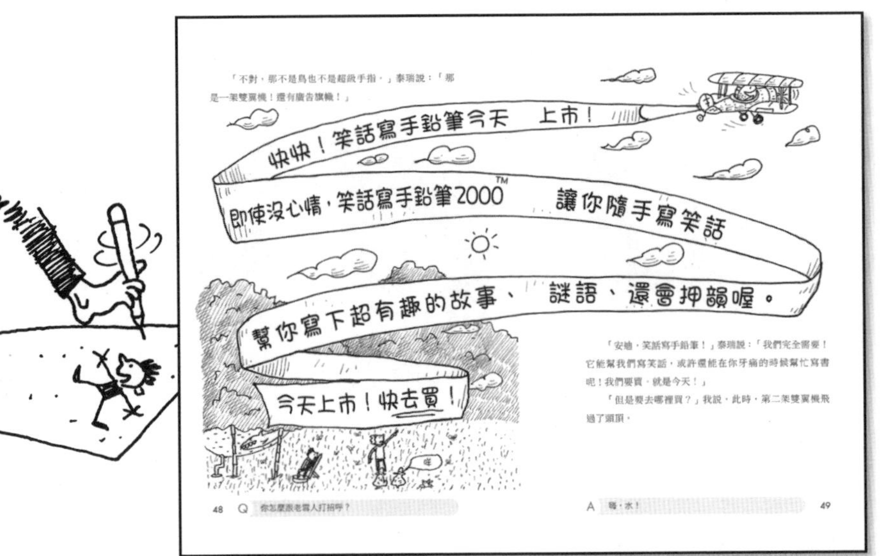
「不對，那不是鳥也不是超級手指。」泰瑞說：「那是一架雙翼機！還有廣告旗幟！」
快快！笑話寫手鉛筆今天　上市！
即使沒心情，笑話寫手鉛筆2000™　讓你隨手寫笑話
幫你寫下超有趣的故事、　謎語、還會押韻喔。
今天上市！快去買！
「安迪，笑話寫手鉛筆！」泰瑞說：「我們完全需要！它能幫我們寫笑話，或許還能在你牙痛的時候幫忙寫書呢！我們要買，就是今天！」
「但是要去哪裡買？」我說。此時，第二架雙翼機飛過了頭頂。
48 Q 你怎麼跟老鷹人打招呼？
A 嗨，水！ 49

我們畫畫……

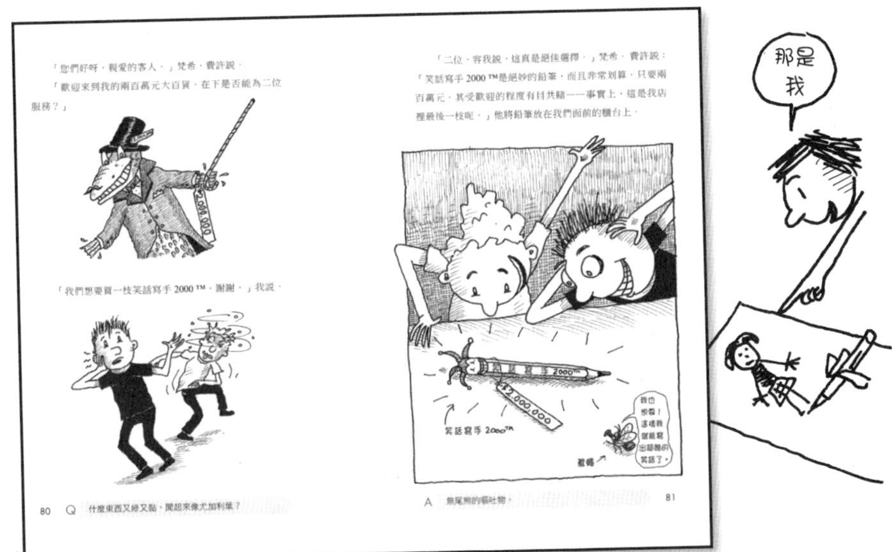
「您們好呀，親愛的客人。」梵希．費許說。

「歡迎來到我的兩百萬元大百貨。在下是否能為二位服務？」

「我們想要買一枝笑話寫手 2000 ™，謝謝。」我說。

「二位，容我說，這真是絕佳選擇。」梵希．費許說：「笑話寫手 2000 ™是絕妙的鉛筆，而且非常划算，只要兩百萬元。其受歡迎的程度有目共睹——事實上，這是我店裡最後一枝呢。」他將鉛筆放在我們面前的櫃台上。

80 Q 什麼東西又綠又黏、聞起來像尤加利葉？

A 無尾熊的嘔吐物。 81

我們畫畫……

88 Q 蜜蜂對花說什麼？

A 哈囉，我的甜心！ 89

我們寫字……

「因為它刷了無法預防蛀牙，」我說：「反而造成蛀牙！」

「那可不是我的錯，」泰瑞說：「我在牙膏包裝上寫了警語，你看——就在這裡！」

134 Q 牙膏會問牙齒什麼？

A 你這是什麼口味？ 135

我們畫呀畫……

「牙齒掉下來了嗎？」泰瑞問。

「沒有，」我說：「而且現在我不只牙齒痛，頭也很痛！今天真是糟透了！」

「不要這麼絕望，」泰瑞說：「我還有另一個辦法，不過我們需要一些幫忙」

「最好不要又和門有關，」我說

「不會啦，」泰瑞說：「你的牙齒太硬了，要從你的嘴巴裡拔出來需要一場拔河，跟我到森林吧。」

172 Q 什麼東西可以讓你穿過牆壁？

A 門。 173

我們寫呀寫……

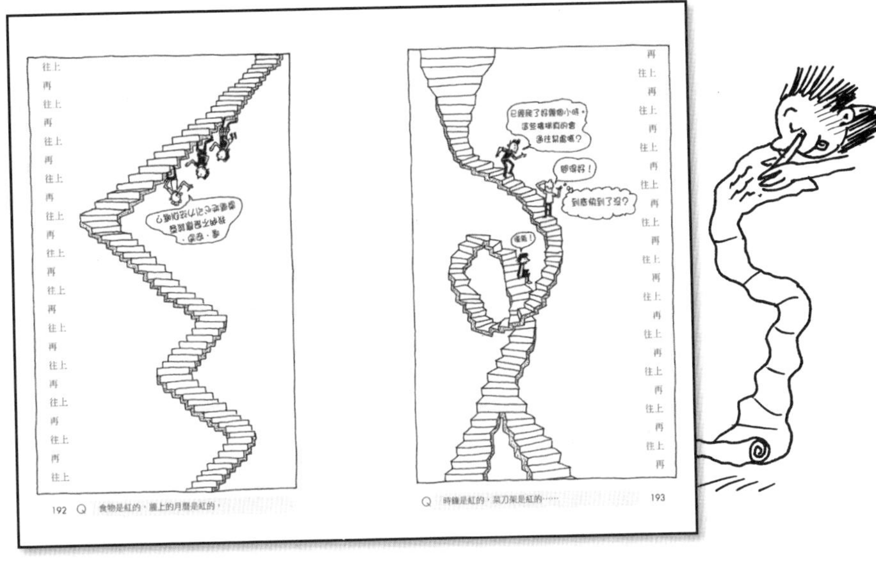

我們繼續寫……

我們繼續畫……

A 因為我們一直在畫畫。

ㄅㄥˋ！
ㄅㄥˋ！
ㄅㄥˋ！
256 Q 書在哪裡睡覺？
我爬下床，從樓層邊緣往下張望，看見泰瑞正穿著一雙巨大的蹦蹦靴到處踏步走。
ㄅㄥˋ！
「嘿、泰瑞！」我大叫：「不要踏了，好嗎？我正在睡覺！」
A 裹著書衣睡。 257

我們畫畫……

安迪的牙齒在精靈國度
放進大砲發射的那一晚。
288 Q 恐龍和煙火混合，會變成什麼？
A 「爆」龍。 289

再多一點
貓故事！

我們寫字……

「可是之前只要兩百萬元啊。」我說。

「我知道，」梵希．費許聳了聳肩說：「可是後來就漲價了。」

「這裡是兩百萬元商店耶。」我說。

「正是如此！」他說：「沒有任何商品低於兩百萬元，這是我們對您的承諾。」

本商家保留
將任何商品價
調漲為兩
4,000,000
之權力，
無需任何理

「但是你不能毫無理由就漲價為兩倍呀。」泰瑞說。

「我確實可以。」梵希．費許指著櫃台上方的告示牌。

本商家保留
將任何商品價格
調漲為兩倍
之權力，
無需任何理由。
（如造成不便，我們在此致歉。）
倒抽一口氣！
獨角獸！*

＊這個反應真奇怪。

302 Q 如何用最簡單的方式讓你的錢變成兩倍？

A 把錢放在鏡子前面。 303

我們畫畫……

泰瑞大笑不止，笑到連鼻孔都噴出牛奶——而且他根本沒喝牛奶！

唉呀！

「喔，我的媽呀。」泰瑞說：「這枝鉛筆真是棒呆啦！」

「對啊，」我說：「有了這麼好笑的鉛筆，我們就能寫出有史以來最有趣的書了！」

322 Q 乳牛在地震後會產出什麼？

「笑話寫手 2000 ™真的值得我們花的每一塊錢。」泰瑞。

「確實如此。」我說：「它值得砸向我們的每一塊麵包、朝我們扔過來差點壓扁我們的每一台冰箱、我們走過爬不完的樓梯的每一階階梯，還有我們在捕蟲鳥的巢吞下肚的每一條蠕動噁心的黏搭搭蚯蚓。這真是有史以來最了不起的鉛筆！」

你覺得他們能寫完書嗎？

A 奶昔，因為奶昔的英文是 milkshake。 323

我們寫字……

直到全部都完成——連每一頁下方的笑話都完成了。

我們寫字……

338 Q 牙籤會對刺蝟說什麼？

第13章

最終章

「呼，真高興一切都結束了。」泰瑞說：「現在可以放鬆啦，我要回到陽光普照的美麗原野和小羊玩耍了。」

A 啊，公車來了！ 339

直到全部都完成——連每一頁下方的笑話都完成了。

我們寫字……

第13章

熊話故事時間

「呼，真高興一切都結束了。」泰瑞說：「現在可以放鬆啦。我要回到陽光普照的美麗原野和小羊玩耍了。」

「我也要繼續追蹤高空飛行山棲笑話寫手掠奪鳥。」吉兒說：「牠們真是美麗的動物啊。甚至比高空飛行山棲捕蟲鳥還稀有呢！」

「嘿，還沒結束呢，你們兩個！」我說：「是不是忘了什麼？」

Q 為什麼有的鳥會發出「嗯」的叫聲？

「應該沒有吧。」泰瑞說。

「沒有，我也想不到。」吉兒說。

「好吧，那麼我各問你們一個謎語。」我說。

「喔，好耶！」泰瑞說：「我最愛謎語了！」

A　因為牠們想不起來要說什麼。

「好，」我說：「那麼泰瑞先開始。如果某位作家和插畫家沒有在今天下午兩點三十分之前送達他們的書，猜猜什麼又大又紅的東西會愈來愈生氣，因此變得更大更紅然後爆炸？」

「嗯哼……」泰瑞搔著下巴說：「我想不出來。」

「大鼻子先生的鼻子！」

「我的老天呀！」泰瑞說：「但是現在已經兩點二十五分了！我們要如何準時把書送過去？」

「我不知道！」我說：「不過我們最好想出辦法……而且要快！」

「等一下，」吉兒說：「我的謎語是什麼？你說也要問我一個謎語。」

A 水筆仔。

「當然。」我問吉兒：「什麼東西有一百顆頭、四百條腿、很多很多毛，而且會睡六個月？」

「噢，我的老天！」吉兒說：「答案是一百頭熊！我們答應熊要在睡覺之前念《瘋狂樹屋 104 層》。你必須快點把書交給大鼻子先生，否則可憐的熊沒有聽到熊話故事就要冬眠了！」

「我知道！」我說：「可是要怎麼把書交給大鼻子先生？」

「可以請高空飛行山棲捕蟲鳥載我們啊。」吉兒說：「牠答應過需要的時候可以幫忙，而且我們現在絕對需要幫忙！」

「我們呼喚牠吧。」我說:「大家準備好了嗎？數到三、二、三！」

 鯨魚會對海鳥說什麼？

我們幾乎還沒闔上嘴，捕蟲鳥就呼嘯而下，用牠的巨大爪子抓起全部的人……

並帶著我們到大鼻子先生的辦公室。

這一天，高空飛行山棲捕蟲鳥抓著我們全體，載著我們飛到大鼻子先生的辦公室。

Q 什麼東西待在角落就能到世界各地旅行？

A 郵票。

我們很走運，大鼻子先生的辦公室窗戶是敞開的。捕蟲鳥即時放下我們，我們全都準時在下午兩點三十分摔進大鼻子先生的辦公室。

「終於！」我們從地板上爬起來，並撿回書稿時，大鼻子先生吼道：「我正準備取消你們的合約呢。」

「抱歉，大鼻子先生。」我邊說邊將書稿遞給他。

「不過我們一直很忙碌。你可以讀《瘋狂樹屋 104 層》，全寫在裡面了。稿子在這！」

「跟上一集一樣好嗎？」大鼻子先生說：「最好要一樣好！」

「真的很好。」吉兒說：「這個故事非常磅礴。可能是史上最偉大的故事。」

「嗯……」大鼻子先生說：「這可要由我評斷！你們還站在這裡做什麼？可以走了。我還有工作要做。你們也是——別忘了下一本書的交稿期限。」

「我們不會忘記的。」我說：「不過離開之前，我們想問你是否能幫我們一件非常特別的事。」

「要看是什麼事。」大鼻子先生說：「我可是個大忙人，你知道的。」

「我們知道。」我說：「這次可不可以讓我們的書超快速出版，這樣我們就能帶一本書走，在熊冬眠之前念故事給牠們聽？因為我們答應做為交換條件，請牠們離開樹屋，好讓我們寫書。」

「嗯哼。」大鼻子先生說：「這理由極度不正常，不過我認為承諾就是承諾，一定要言而有信——尤其對象是熊。你們在這裡等一下，我看看能做些什麼。」

A　因為牠生前做了好事。

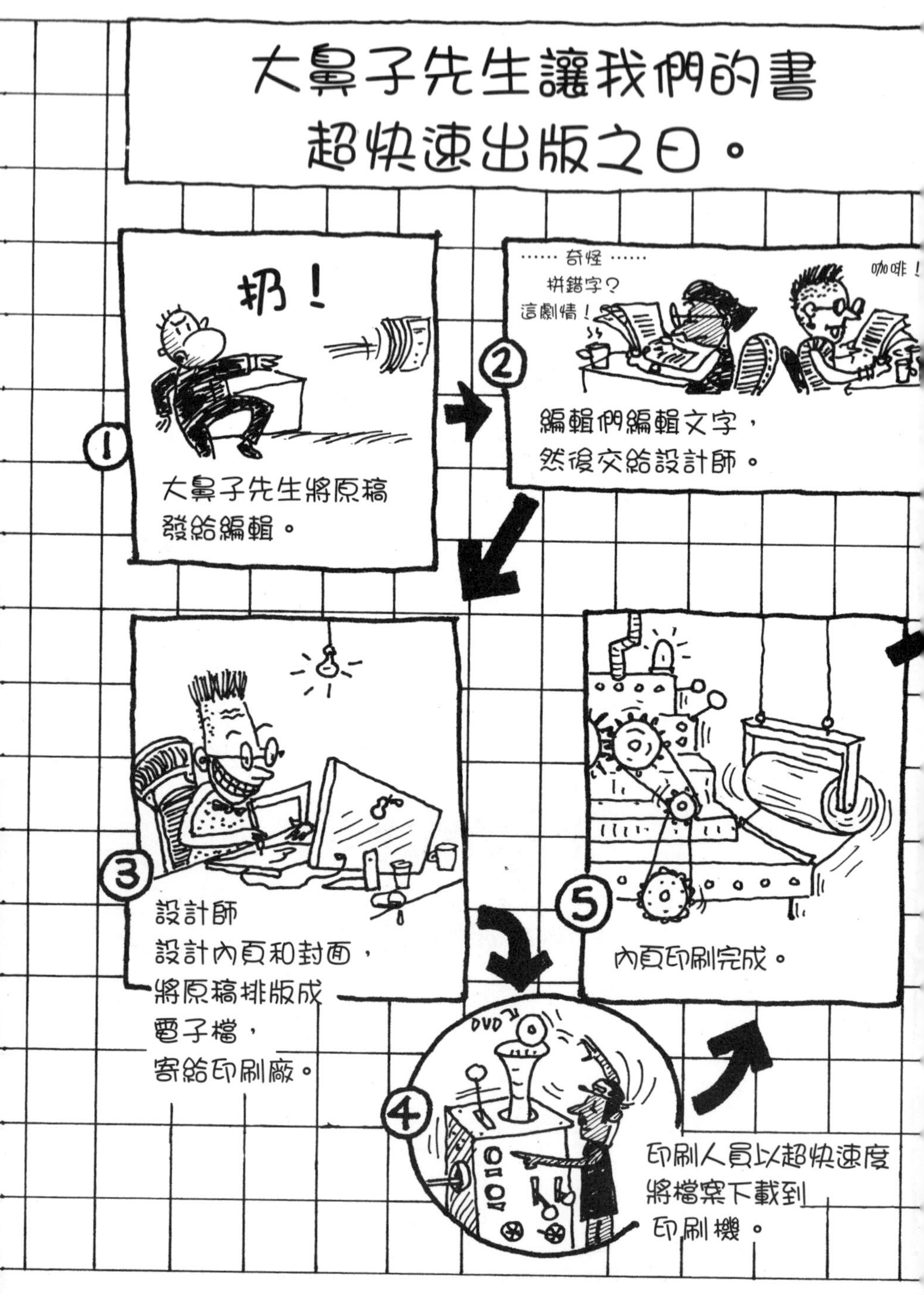
大鼻子先生讓我們的書
超快速出版之日。
扔！
大鼻子先生將原稿
發給編輯。
……奇怪……
拼錯字？
這劇情！
咖啡！
編輯們編輯文字，
然後交給設計師。
設計師
設計內頁和封面，
將原稿排版成
電子檔，
寄給印刷廠。
DVD
印刷人員以超快速度
將檔案下載到
印刷機。
內頁印刷完成。

Q 雪人最喜歡什麼花？

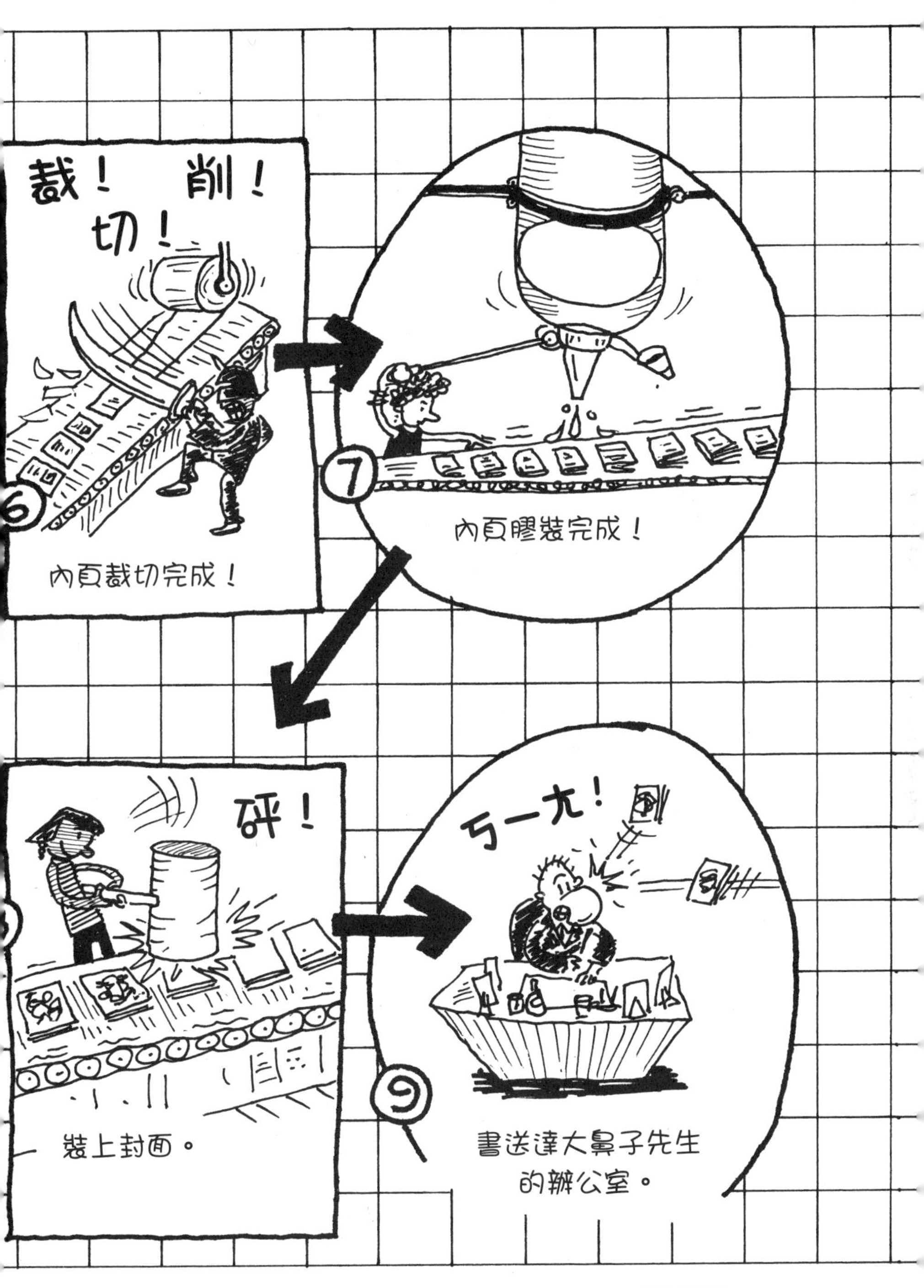

A 雪花。

「拿去吧，」大鼻子先生說：「剛印好的新書。」

「謝謝你，大鼻子先生。」我說：「真的非常感謝你，我想熊也是。」

「呼喚捕蟲鳥載我們到熊洞吧。」吉兒說：「沒時間了。冬季即將來臨！」

Q 跑贏賽跑的最佳方式是什麼？

捕蟲鳥再次現身，抓起我們，還有我們的新書。

高空飛行山棲捕蟲鳥
抓著我們從

大鼻子先生的辦公室飛到熊洞之日。

A 別問，快跑。

我們抵達的時候，熊已經全部換好睡衣，坐在百熊床上。

 Q 毯子對床墊說什麼？

他們發出一聲百熊巨吼。

「意思是『安迪、泰瑞和吉兒萬歲！』」吉兒說。

泰瑞、吉兒和我坐在一張又大又舒服的椅子上，開始念故事給熊聽。

Q 睡覺前最後脫掉的是什麼？

A 拖鞋。

幾個小時後，我終於念到這裡，也就是最後一頁（和你一樣），但是沒人在聽（當然，除了你）。所有的熊，還有泰瑞和吉兒，很快就睡著了。

我必須承認我自己也很想睡。我可能要小睡一下，不過老實說我應該會睡整個冬天，然後泰瑞和我又要忙著為樹屋加蓋十三層新樓層了。晚安啦！

故事終。

A 因為牠的隱形眼鏡掉了。

毛茸茸的腳趾甲！
扳手！
卡士達派！
瘋狂樹屋104層
瘋狂樹屋78層
瘋狂樹屋91層
瘋狂樹屋52層
瘋狂樹屋26層
瘋狂樹屋39層
瘋狂樹屋65層
超級壞書
壞壞書
瘋狂樹屋13層
超瘋狂
就是馬克白！
超完蛋
超討厭
東西！
就是惡作劇！
就是蠢！
就是噁！
嗨，身體的各位
屁屁龍傳
黏答答史萊姆
貓咪、老鼠與球棒
英勇的戴夫
古巴三明治！
倒霉十海盜
地毯上的扁扁貓
犬吠記
暴走大胖牛

瘋狂樹屋 117 層加蓋中！

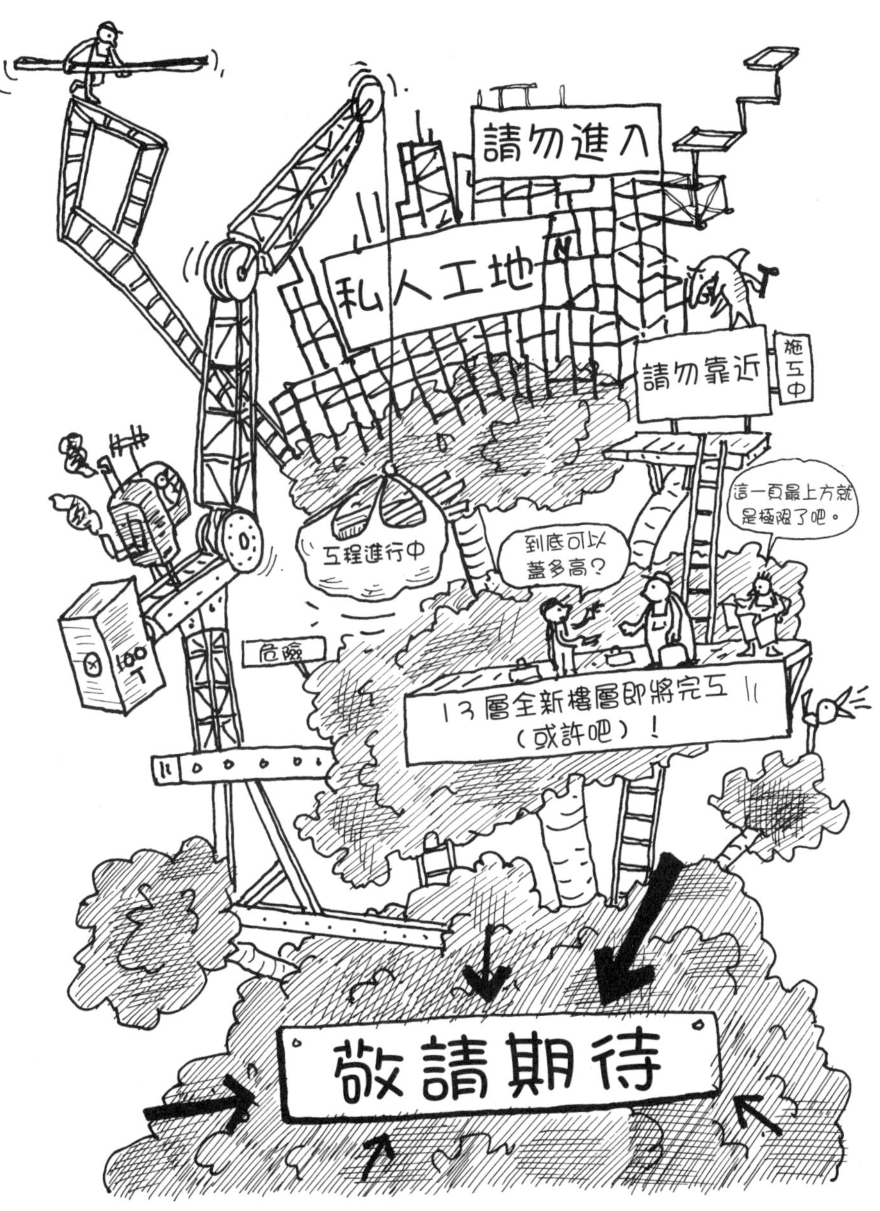

故事館 58

瘋狂樹屋 104 層：安迪的牙齒非常痛

小麥田 The 104-Storey Treehouse (Treehouse #8)

作　　者　安迪．格里菲斯（Andy Griffiths）
繪　　者　泰瑞．丹頓（Terry Denton）
譯　　者　韓書妍
封面設計　翁秋燕
責任編輯　汪郁潔

國際版權　吳玲緯　蔡傳宜
行　　銷　何維民　吳宇軒　陳欣岑　林欣平
業　　務　李再星　陳紫晴　陳美燕　葉晉源
副總編輯　巫維珍
編輯總監　劉麗真
總 經 理　陳逸瑛
發 行 人　凃玉雲
出　　版　小麥田出版
10483 台北市中山區民生東路二段 141 號 5 樓
電話：(02)2500-7696
傳真：(02)2500-1967
發　　行　英屬蓋曼群島商家庭傳媒股份有限公司
城邦分公司
10483 台北市中山區民生東路二段 141 號 11 樓
網址：http://www.cite.com.tw
客服專線：(02)2500-7718 ｜ 2500-7719
24 小時傳真專線：(02)2500-1990 ｜ 2500-1991
服務時間：週一至週五 09:30-12:00 ｜ 13:30-17:00
劃撥帳號：19863813　戶名：書虫股份有限公司
讀者服務信箱：service@readingclub.com.tw
香港發行所　城邦（香港）出版集團有限公司
香港灣仔駱克道 193 號東超商業中心 1/F
電話：852-2508 6231　傳真：852-2578 9337
馬新發行所　城邦（馬新）出版集團 Cite (M) Sdn Bhd.
41-3, Jalan Radin Anum, Bandar Baru Sri Petaling,
57000 Kuala Lumpur, Malaysia.
電話：+6(03) 9056 3833　傳真：+6(03) 9057 6622
讀者服務信箱：services@cite.my
麥田部落格　http:// ryefield.pixnet.net
印　　刷　漾格科技股份有限公司
初　　版　2019 年 2 月
初版五刷　2022 年 1 月
售　　價　350 元

ISBN 978-986-96549-9-9
Printed in Taiwan.

國家圖書館出版品預行編目 (CIP) 資料

瘋狂樹屋 104 層：安迪的牙齒非常痛 / 安迪 . 格里菲斯 (Andy Griffiths) 作；泰瑞 . 丹頓 (Terry Denton) 繪；韓書妍譯 . -- 初版 . -- 臺北市：小麥田出版：家庭傳媒城邦分公司發行 , 2019.02
　面；　公分
譯自：The 104-storey treehouse
ISBN 978-986-96549-9-9(平裝)

887.159　　107022030